13 TOMBEAUX

Virginie Dubois

13 Tombeaux

Recueil de nouvelles

© 2020, Virginie Dubois
Édition : BoD - Books on Demand,
12/14 rond-point des Champs-Élysées, 75008 Paris
Impression : BoD - Books on Demand, Norderstedt, Allemagne
ISBN : 978-2-3222-2377-0
Dépôt légal : mai 2020
Crédit image : Johannalris

Pour ma mère, qui a toujours été là pour lire toutes les versions de mes textes quand personne ne s'y intéressait, acheter mes livres en trois exemplaires quand personne n'en voulait.

De passage

Mes histoires naissent toujours avec un presque rien. Deux cellules qui s'entrechoquent et se meurent. Avortements à répétition qui explosent dans l'instant de ce qui aurait pu être.

Mes amours ont été des poussières, volant dans les ruelles avant de venir s'écraser sur ma pupille, me faisant rentrer dans un homme comme on rentre dans un mur. Un choc, un moment, presque rien. Un souffle qui, s'éteignant avant d'avoir produit le moindre bruit, vit, meurt, brûle et se noie. La trace à l'œil persiste un instant, puis ne reste que la mémoire des sensations laissées choir, une brise passagère dans un mois étouffant et le néant. Le vide est ma manière d'aimer, le bonheur aura été mon drame. Je ne sais pas être à deux, je ne sais que passer. L'autre m'angoisse, me désespère, encore plus lorsqu'il reste que quand il part. L'absence paraît encore être le mal qui me convient le mieux, et mes amants de passage les seuls à me déposer un parfum que je veuille continuer à respirer. Une tempête sur les ponts de Paris, la chaleur moite sous la pluie de Buenos Aires, le coton doux des nuages au travers les rues pavées de Barcelone.

Pourtant ils s'effritent, là où les autres s'incrustent, malgré les photos, celles que je jette, celles que je garde. C'est le temps qui compte, peu importe l'ivresse. Il fait son œuvre et imprime mon histoire des mensonges officiels qui triomphent.

Paris

Je n'ai jamais bien compris la réputation de cette ville. Tout au plus une nostalgie de ce qui n'a jamais existé que dans l'imagination de quelques romantiques incurables. Un espoir de ce qui aurait pu naître, un soi-disant. Labyrinthe de bois qui craque au vent, Paris s'emprisonne dans les plâtres qui la protègent du feu et étouffent celui qui pourrait nous réchauffer.

Mon obsession, mon mirage, tu promènes tes sillons dans les secrets invisibles du Quartier latin, caché derrière ce masque qui s'étend à n'en plus reconnaître tes traits. Plantée là, mes yeux courent après les passants à la recherche du fantôme que tu as peut-être laissé trainer, là. Plantée, je cours, arrêtée soudain par un souffle dans mon dos. Ou bien c'est le fleuve qui me trompe et le reste du monde immobile sur le pont où je passe des heures à guetter ton souvenir. Sur le pont surtout. Le pont où de loin j'ai été éblouie par un éclair qui ne s'est pas éteint bien après même s'être jeté dans les profondeurs de l'eau qui s'agitait alors à mes pieds. Un éclair, puis la nuit. De loin, parmi la foule assourdissante qui hurlait autour de moi, le silence, ton plan emporté par le vent, mon visage plié par ce sourire qui ne m'aime pas. Quelques pas, quelques mots.

Tout ce qui s'en suit n'est que répétition absurde et ridicule de sourires, envie et papillons qui me débordent de la bouche pour se jeter sur toi, histoire commune qui ne l'est pas pour moi et qui fait la magie d'un instant ordinaire pour tant d'autres. Le vent qui nous encerclait, depuis le moindre de tes regards enfantait une tempête, un cri du corps, un désir qui me fascine encore, et le plaisir qui ne s'est pas éteint malgré la froideur de la cage d'escalier. Ce moment d'indécence et de fureur qui m'a fait revivre et espérer, je continue à le chercher sans cesse. Je le retrouve, un peu. Un peu seulement. Alors tu t'étends au-delà de ton absence, tu t'imprègnes bien après l'oubli, espoir de n'avoir fait qu'exister.

Buenos Aires

La moiteur extrême de l'été donne aux corps cette nonchalance suave que je ne connaîtrai peut-être jamais plus. La douceur d'un après-midi à l'ombre, tournant lentement les pages d'un livre que l'on espère interminable, ce sont cent ans de solitude qui passent dans un bruissement de feuilles soufflées par une brise qui n'arrive jamais.

Une question et on ne s'est plus quittés, le temps que vienne le vent d'automne qui m'a emporté. Des semaines ou des mois, je ne me souviens plus. Longues journées pluvieuses, enlacés dans une transpiration qui espérait que la fraîcheur inévitable ne réussirait pas à la sécher, le temps s'est arrêté.

Du tout qui tournait inlassablement tout autour de nous, je ne me souviens que de la douceur, la légèreté des mains et des mots qui m'effleuraient sans cesse afin d'enlacer l'instant. Un instant qui a duré toute une vie. Parfois, immobiles sous les feuilles, nous pouvions presque apercevoir la maison de campagne, les enfants qui jouaient autour des platanes et les ancêtres au barbecue, avec leurs sourires sans dent et leurs regards pleins de compassion. Cent ans d'une vie à deux qui n'ont existé que dans nos imaginations dilatées par la chaleur. Ce mirage formé de la vapeur qui s'échappait de l'asphalte brûlant, je lui ai construit une boîte pour l'emporter vers le froid et la sécheresse. Été embaumé que j'ose à peine ouvrir de peur que ne s'évapore le peu de ces sentiments de douceur qui subsistent malgré le vent d'automne qui a soufflé il y a bien longtemps maintenant.

Barcelone

Qui aurait pensé qu'au travers des ruelles chaotiques, des bruits incessants des bars et des gens, j'aurais trouvé une paix que je pensais plus propice au calme infini des hauteurs des Andes ? Mais c'est au milieu du tumulte que tu devais apparaître, prendre au dépourvu ma raison attachée à ce cœur que je ne pensais plus, pour éveiller une foi en ces jours sans fin, suites de vérités et d'évidences auxquelles je peine aujourd'hui encore à croire. Sous le coup d'une ivresse qui ne passera plus, oubliant le temps et les lieux, nous avons erré sur les toits d'une ville qui porte désormais ton nom. Moi qui me suis vidée pour ce que je croyais absorber, un regard neuf, une étincelle usée quand j'aurais dû prier pour un monde tout entier, je ne peux plus me contenter de ce qui était.

Vaines obsessions de posséder des mondes évanouis en quelques chansons, je me suis laissé bercer des montagnes à la mer, des pavés aux balcons où les battements de ton cœur anéantissaient le regard des passants sur nos corps nus. Bien au-delà de tout ce que j'avais cru, j'ai respiré un univers dans ton cou, senti la paix infinie du paradis entre tes bras. Une vie sans question et sans doute, sans ennui et sans frayeur. Tu m'as fait oublier ce que je n'oublie jamais. Moi qui fus l'amante de tes mains que je vois encore, j'ai aimé ce demain qui ne m'avait jamais aimé.

Et tu es parti, si vite, me laissant à ce temps qui me dévore. Mais ce monde, je veux le garder, contre toutes les sagesses. Il m'accompagnera le temps que j'oublie, le temps qu'il revienne sous d'autres traits, que je le voie dans l'éternité. Trop tard ! Jamais peut-être !

Ces moments qui se mélangent à bien d'autres encore, irréels fruits de mes délires sentimentaux, resteront dans mon éternité solitaire des îles où j'irai trouver l'exil de la paix, me retrouver sourde aux bruits qui ne sont pas les miens. Et alors que vous m'avez sans doute effacée, moi qui passe plus de temps aux adieux qu'à aimer, j'ai dû payer ma liberté de solitude, ma paix d'espoirs suicidés en plein vol ; moi qui ai toujours adoré le changement, mais moi qui n'ai jamais accepté de changer, je vous couche une dernière fois, cette fois là, vous rendre l'amour que vous m'avez inspiré, vous, fugitifs dont l'espoir m'a souvent fait naître.

L'ombre d'un réverbère

Perdu dans le dédale de ruelles sombres que vomit le dos de l'hôpital, le vent d'une nuit froide et sèche qui annonce les hivers rigoureux siffle et frappe violemment les volets des immeubles délabrés. Au milieu du néant, des pas lourds et rapprochés retentissent. À mesure que leur écho s'amplifie, une silhouette de femme se dessine, déformée par la lumière jaunâtre des deux réverbères éclairant l'arrêt de bus de la rue désertée vers lequel elle se dirige. Une infirmière certainement. Ce n'est pas un médecin, et les malades ne connaissent que la grande porte. L'air fatigué, les yeux cernés d'une garde interminable, elle s'assied, attend. Ce matin, la voiture n'a pas démarré. Elle n'aime pas beaucoup prendre le bus, en pleine nuit, dans ce quartier. Même après 10 ans sans encombre, elle n'est pas rassurée. Elle ne distingue pas grand-chose de ce qui l'entoure. Ce soir surtout ; en face, une lampe est brisée, elle ne voit qu'un immense trou noir prêt à l'avaler. N'importe qui pourrait en surgir, la ramener là, et personne ne la reverrait jamais. Un frisson. Du bruit en face, ce n'est rien. Elle s'impatiente, regarde sa montre, se lève, vérifie les horaires… Soudain, un vent mêlé de panique et de lassitude la traverse : le dernier est déjà passé ; son portable est resté dans la voiture.

Abandonnée à la merci de la rue et du froid. Elle est perdue. Aller téléphoner à l'hôpital ; hors de question, s'il manque quelqu'un, ils la forceront à rester. Un taxi dans ce quartier, à cette heure, mieux vaut ne pas rêver, le décor n'est guère propice aux miracles. Ces doigts commencent à geler, elle entend toujours un bruit étouffé de l'autre côté de la rue qu'elle n'arrive pas à identifier. Elle tente de forcer sa vue à percevoir la moindre silhouette devant l'entrée de cet immeuble baigné dans le noir le plus total, mais c'est peine perdue. Soit elle se décide à franchir la chaussée et à affronter un éventuel démon sorti du néant, soit elle retourne à l'hôpital affronter ceux qu'elle connaît bien. Tant pis, peut-être y aura-t-il quelqu'un avec un téléphone de l'autre côté. Elle scrute une dernière fois le fossé qui la sépare de l'inconnu, rien à droite, rien à gauche. Une grande respiration, le premier pas, expiration, tout s'enchaîne. La voilà bientôt arrivée du côté obscur, plus que quelques mètres, son cœur s'accélère. Elle aperçoit les marches du perron du petit immeuble de 3 étages qui lui faisait face. Elle distingue une silhouette recroquevillée, la tête dans les mains, l'inconnu lève lentement les yeux vers elle. Elle ravale la salive qui s'accumule dans sa bouche. Les yeux rouge sang, le nez aussi, petit. Un enfant. 10 minutes à s'effrayer de l'ombre générée par un défaut de voirie et le souffle d'un gamin mort de froid, abandonné en pleine nuit sur les marches d'un immeuble délabré. Ridicule. Qu'est-ce qu'il fait là, tout seul, à cette heure, dehors ?

Après un recul d'étonnement, elle se décide à s'asseoir pour poser les questions qui la troublent à l'enfant amusé de son effroi. Il la regardait depuis tout à l'heure se tordre et scruter dans tous les coins à attendre qu'un fantôme sorti de nulle part vienne l'attaquer. Il aurait pu traverser pour la rassurer, mais le spectacle était bien trop amusant ; et faisant crisser ses semelles sur les marches poussiéreuses, il était aux premières loges. Il habite dans cet immeuble et traîne souvent sur les marches, dehors. Sa mère n'est pas encore rentrée. Elle rentre souvent très tard. Il n'a pas de clé. Une fois, sa mère lui avait fait un double, et il l'avait perdu. Tant pis pour lui. Il habite au troisième, le seul appartement de l'étage, le plus grand de l'immeuble, tout le quartier en est jaloux. C'est un héritage, sa mère n'aurait jamais pu se l'offrir. Il pourrait attendre à l'intérieur, au chaud, devant la porte, mais il s'ennuierait vite, et l'odeur… Les chats et autres spécimens ne se gênent pas pour passer la nuit à l'abri et se soulager le long des escaliers pour éviter le vent glacial de la rue. Des relents arrivent jusque devant la porte où la femme assise peine à retenir ses nausées. Ce n'était pourtant pas le moment. Elle se lève tôt demain, elle est fatiguée, elle a eu une dure journée, une dure semaine, elle voudrait juste pouvoir se reposer. De toute façon, elle ne pourrait pas le ramener chez elle, elle ne sait même pas comment rentrer. Et même un enfant, Dieu seul sait ce qu'il pourrait bien faire. Il a peut-être des maladies ; un portable ? Non, il n'en a pas. Il aurait déjà appelé sa mère. Il ne reste plus qu'à le déposer au commissariat, il n'est qu'à deux pas. Il refuse. Sa mère lui a bien appris que s'il allait là-bas, il ne la reverrait jamais. L'hôpital ? Il n'aime pas. De toute façon, sa mère ne va pas tarder à revenir. Il a l'habitude, il ne risque rien.

La femme se donnerait bien bonne conscience en attendant le retour de sa mère et en lui prodiguant quelques conseils d'éducation, mais elle est trop fatiguée. Et puis, s'il dit qu'il a l'habitude… Il a l'air débrouillard, courageux. Ce n'est tout de même pas à une inconnue de prendre soin d'un enfant qui n'est même pas le sien et qu'elle n'a jamais vu. Sa mère n'a qu'à faire son travail. Elle se donne bien du mal à élever ses deux enfants, les autres n'ont qu'à en faire autant ! Après s'être déculpabilisée du mieux qu'elle pouvait grâce au pratique discours universel du chacun pour soi, et s'être assurée qu'il ne manquait de rien, elle part. Le gamin lui fait un signe et remet sa tête dans ses mains. Elle traverse la rue, retourne vers la chaussée éclairée, soulagée. Elle sait qu'elle aurait dû rester avec lui, s'assurer qu'il ne lui arrive rien.

Mais qu'est-ce qu'elle aurait pu faire de toute façon. Et puis, elle est fatiguée. Sur le chemin qui la ramène vers l'hôpital, elle veut plusieurs fois se retourner et revenir vers lui. Mais, sa maison, ses enfants, son mari, son lit, tout l'attend. Ils vont s'inquiéter. Son lit.

Une fois à l'hôpital, tout est revenu à la normale. Le stress de la rue a disparu. Tout le monde est là. Elle téléphone. Son mari arrive. Retour à la maison, personne ne lui pose de questions. Elle pourrait tout raconter, mais son mari voudrait certainement faire quelque chose, reprendre la voiture. Elle est trop fatiguée. Un cachet, elle s'endort paisiblement tandis que le garçon attend toujours sur les marches de béton au milieu des relents d'urine et du froid sec qui lui engourdissent déjà les os.

Quelques jours plus tard, tout est redevenu normal. La voiture est réparée, les gardes de nuit se sont enfin espacées, elle se sent soulagée. Elle repense à cet enfant. Le calme la ramène à sa culpabilité. Après sa journée, elle ira s'assurer que tout va bien. Pendant les quelques heures qui l'en séparent, elle ne cesse d'y penser. Peut-être n'est-ce pas une bonne idée. Elle a un mauvais pressentiment. Mais il est trop tard, maintenant, elle doit y aller. La lumière rend la rue beaucoup moins effrayante. Elle se sent un peu ridicule à présent. Le soleil peine à percer l'air glacial, mais ses rayons parviennent tout de même à réchauffer un peu ses joues. Elle est enfin apaisée et sereine lorsqu'elle aperçoit, du coin de la rue, un attroupement devant l'immeuble tant redouté et si pitoyable dans ce nouveau décor. Tout ce monde l'inquiète. Elle s'approche et distingue un véhicule derrière la foule. Un corbillard. Mon Dieu, qu'a-t-elle fait ? Elle voudrait courir, s'éloigner, ne plus y penser, mais elle continue d'avancer lentement. Elle doit savoir. La plupart des spectateurs semblent être des octogénaires plus attristés par leur propre déchéance que par le cercueil qui commence à s'éloigner au pas. Qui est-ce ? La vieille dame du troisième, elle a rendu l'âme cette nuit, ou peut-être il y a trois jours. Qui peut savoir, la pauvre n'avait plus personne. Et le petit garçon ? Quel petit garçon ? Ça a l'air d'un endroit pour un môme. Il y a bien un petit garçon qui habite au troisième, avec sa mère. Ni au troisième ni ailleurs. Le plus jeune garnement du bâtiment doit avoir soixante-dix ans. Ils attendent qu'on crève tous pour détruire ce taudis. Ils l'auraient bien fait avant, mais ils savent pas où nous mettre, alors. Mais la jeune femme est déjà loin.

Comment est-ce possible ? Il lui a menti pour ne pas avoir d'ennuis ? Elle qui venait ici pour se rassurer. Maintenant, elle doit bien continuer. Ça va encore lui prendre le reste de la journée. Elle aurait mieux fait de rentrer chez elle, faire à dîner, ça lui apprendra à vouloir s'occuper des autres. Elle en fait déjà assez au travail, elle a bien le droit à un peu de repos elle aussi. Tant pis pour aujourd'hui, elle se dirige vers le commissariat. C'est bien le comble. On se fait du souci pour un illustre inconnu et ils sont prêts à vous envoyer à l'asile. Ça lui apprendra à se mêler de ce qui la regarde. Ce n'est tout de même pas de sa faute si ce môme lui raconté des histoires. Il n'y a aucun enfant correspondant à ce signalement dans le quartier, et vu qu'ils traînent tous dehors à faire des conneries, ils le sauraient s'il existait. La fatigue, l'obscurité, le froid, la lassitude. L'imagination peut nous jouer de sacrés tours ; pourquoi ne pas prétendre qu'elle est folle pendant qu'on y est ! Elle se dirige de nouveau vers le parking de l'hôpital. De toute façon, elle ne peut rien faire de plus. Et s'il lui était arrivé quelque chose, la police le saurait. Malgré tout ce qu'elle peut se dire, les phrases moqueuses insinuant que son esprit rompu ait pu se confondre dans la fiction sans même qu'elle ne l'imagine la harcèlent encore. De retour chez elle, se concentrant sur le bruit de l'eau emplissant peu à peu la baignoire, elle force son esprit à reconstituer chaque détail de cette scène absurde et se plonge dans l'eau brûlante enfin assurée que tout ceci ne peut pas être qu'un rêve.

Tout serait parfait et habituel si, chaque jour qui passe, elle n'était hantée par la vision sans cesse plus floue du jeune garçon abandonné dans ces ruelles opaques. À la fin de sa garde, alors que le soleil se lève à peine, elle ne peut empêcher son corps de se diriger vers les lambeaux de la nuit passée. D'un pas décidé elle s'approche de l'immeuble à la recherche de réponses. Mais connaît-elle au moins les questions ? Qu'est devenu l'enfant ? Qui est-il ? Est-ce qu'il va bien ? Est-ce bien ce qu'elle veut savoir ? De nouveau devant les petites marches du perron, nouveau frisson. Bord du précipice, le vent lui souffle dans le dos, la peur la retient. Elle voudrait courir dans l'autre sens, mais la force du temps est trop grande. Elle pénètre dans l'édifice froid et austère. Encore cette odeur ! Monter les escaliers, vite, voir ce qu'il y a à voir, s'assurer qu'il n'y a personne et partir, soulagée. Arrivée au dernier étage, profitant de son élan, elle frappe. Toc toc, la porte s'entreouvre. Elle appelle, pas de réponse. Plus fort, toujours rien. Elle pousse lentement le bois vieilli et grinçant mais n'ose regarder autour d'elle de peur de surprendre quelque chose. Ses yeux fixent le sol désert. Rien, pas de meubles, pas de pieds. Ses yeux montent, son cœur s'arrête. L'enfant est là, les mêmes vêtements, le même visage, les yeux rouges et ses pieds qui pendent à un mètre audessus du sol, se balancent et emportent son corps accroché à une corde. Course dans le couloir, les escaliers. Elle s'arrête au deuxième. La police lui a dit qu'il n'existait pas, si son imagination lui jouait des tours ? Avant d'avertir qui que ce soit, elle devrait s'assurer que tout est vrai, dans le calme. Que pouvait-il lui arriver ? Un enfant mort ne peut pas attraper votre vie. Alors elle remonte, elle tente de calmer sa respiration. Elle ne voudrait pas qu'on la traite de folle, qu'on l'enferme. Troisième étage. Une grande respiration, elle ouvre la porte, expiration, la pièce est vide. Elle pourrait être effrayée d'avoir fantasmé le cadavre d'un gamin, c'est le soulagement qui l'emporte. La fatigue, la peur, la culpabilité ont bien pu engendrer cette histoire, mais elle est terminée. Elle va pouvoir enfin retourner à sa vie, la même qu'avant, tout juste rythmée par le mouvement hypnotique des pieds d'un enfant qui se balancent lentement dans le vide d'une pièce qui n'existera bientôt plus.

Chacarita

Autour d'elle, il n'y a que des tombes. Peut-être devrait-elle passer ses dimanches ailleurs qu'au cimetière. Elle se demande : « Comment font-ils tous ces gens pour avoir l'air aussi vivants ? » Avec leurs sourires pleins de dents et leurs bruits de joie. Leurs fleurs pétillantes et leurs éclats de bonheur, trimbalant leurs progénitures dans les allées bordées de cadavres. Ce serait presque Carnaval. Elle en oublierait, elle aussi, pour un instant, les corps amoncelés sous ses pieds si ce n'était le masque de tristesse enfilé à la hâte à l'approche des cadavres proprement emballés.

Autour d'elle, elle ne voit que des morts. Dedans comme dehors, le monde est un cimetière qui se ment. Tous ceux qui l'entourent sont des morts qui s'ignorent. Pas tous. Comment font-ils pour avoir l'air si vivants ? Ils ne remarquent pas ces squelettes qui déambulent de tous côtés ? Où est-il caché leur foutu secret ? Elle les envie parfois, les hait la plupart du temps. Elle trouve de la poésie dans l'acceptation de la solitude. Elle se trouve poétique, parfois, pathétique.

Autour d'elle, il n'y a que le silence. Des heures entières à sa fenêtre, elle creuse sa mémoire. Comment tout cela a commencé ? Elle ne sait plus, elle ne l'a jamais bien su.

Elle y avait cru, un court moment, elle aussi. À quoi ? Elle ne sait pas très bien. Et avant cela, toujours pas. À l'adolescence romantique, elle avait préféré la tristesse du réalisme, à l'enfance, l'enfermement. Timide et agressive, elle s'était résignée avec joie à une existence concrète. Elle n'avait jamais bien compris les sentiments de toute manière, les autres, pareils, tous. Où tout cela a commencé ? Rien ne l'annonçait, ni sa famille suffisamment riche pour une enfance insouciante, pas assez pour croire que l'argent peut tout acheter, ni les sentiments. Elle a senti l'amour, l'affection et tout ce qui va avec. Elle a admiré cela comme on regarde un mauvais film : 1 h 30 et plus rien.

D'où tout cela pouvait-il venir ? De la guerre ? Peut-être. Elle est arrivée un jour jusqu'à la maison isolée. On y a perdu un frère. Elle est partie. Dans la bâtisse et les vêtements en deuil, elle était triste. Elle ne savait pas vraiment ce que cela signifiait, elle devait bien l'être.

Et un garçon est arrivé, il cherchait du travail. Avec le fils perdu, il y en avait trop, lui ou un autre… Il était sale, beau, sauvage, tout ce que sa famille qualifiait d'inapproprié et de vulgaire. Elle aussi, un temps. Beau surtout. Elle a grandi, elle ne lui parlait guère. Un jour, il l'a regardée, elle a fui ses yeux, comme elle le faisait toujours, c'était inapproprié, mais ils s'étaient gravés. Où qu'elle détourne l'iris, jusqu'aux paupières serrées, il l'observait. Puis il a pris son visage, a forcé son regard, une éternité. Elle a soudain cru redécouvrir ce cœur qu'elle croyait éteint, absent, une légende. Son sang battait ses tempes et montait à ses joues, lui donnant l'air d'une de ces midinettes ridicules qu'elle avait tant moquées. Elle se détestait pour ça, elle l'aimait pour ça. Il l'avait approchée comme personne ne l'avait fait avant. Sans paroles, sans mensonges, sans promesses. Elle ne se souvient aujourd'hui que de cette humanité toujours si pesante qui s'était d'un coup évanouie, et de son souffle qui peinait à alimenter ce corps enfin vivant et de ces plaisirs obscènes qui l'envahissaient. Quelle erreur banale de confondre corps et Dieu pour de jeunes femmes si mal informées. Quel long aveuglement lui aura valu cette jouissante méprise ?

Jusqu'à sa vie ? Si au moins elle pouvait se rappeler pourquoi tout cela avait commencé.

Il n'était pas pour elle. Elle a bien dû choisir. Quoi d'autre qu'un pouvoir divin aurait pu donner vie à ce corps froid ? N'était-ce pas ce que chacun était censé attendre : la passion ? N'était-ce pas ce que ses livres racontaient ? Alors elle s'est enfuie avec lui, laissant le doux tombeau de l'affection obligatoire derrière elle.

Ils se sont mariés. Au souffle coupé ont succédé les disputes, l'ennui, les enfants. Deux, garçon et fille, comme le font les bonnes épouses. Du mariage, rien. Un mariage comme les autres. Elle s'était faite au quotidien et le souvenir de son cœur la gardait dans une vie qui la contentait, suffisante, pour toujours.

Mais l'existence ne se contente pas. Quand tout cela avait-il recommencé ? Il y avait encore bien peu de voitures à cette époque. Il a fallu qu'une lui fauche son fils. Elle a pleuré, il le fallait bien. Son mari était en voyage d'affaires, elle l'a appelé, il n'y était pas. Lorsqu'il est rentré, deux jours plus tard, elle a annoncé la nouvelle. Pleurs, marques de tendresses rassurantes, il a fait tout ce qu'un mari est censé faire. Et il y a eu l'enterrement. Pourquoi diable a-t-il fallu qu'elle cherche à savoir où il était ce jour-là ? D'où lui venait cette malsaine obsession de la vérité ? Il a répondu que ça n'avait aucune importance, le passé, elle l'a suivi. Un hôtel. Une femme.

— Combien ?
— Ce n'est pas important.
— C'est fini.
Un autre voyage, une autre femme.
— Combien ?

– Beaucoup.

– Pourquoi ?

Elle l'a détesté pour ça. Pas l'infidélité, elle s'en fichait bien. Elle ne pouvait plus croire. Pas de destin, pas de Dieu. Il ne restait que l'amour, il ne restait qu'un sentiment auquel elle ne comprenait rien. Il y aurait toujours les disputes, l'ennui, l'enfant, mais plus de souvenirs. Elle savait, il ne mentait plus. À quoi bon ? Il partait de plus en plus longtemps. Un jour, il n'est simplement plus revenu. Peu importe. L'existence concrète était revenue. Plus de cœur, plus de sang, juste une enfant qu'elle était incapable d'aimer. Elle se détestait pour ça. Dans chaque geste, dans chaque parole, elle voyait ressortir les gênes de celui qui lui avait tout donné, tout repris. L'air que sa fille respirait, ses sourires, sa recherche d'affection l'assaillaient des remords de tout ce qu'elle aurait dû être. Elle ne l'avait jamais été. La petite a grandi sans sentiment, elle est partie sans un mot. Peu importe. Au moins, elle saura pourquoi.

Et rien, la solitude, le cimetière, le petit appartement qui pue le renfermé, la mort. L'ombre a envahi même l'air qu'elle respire. À travers les fenêtres, pas une once de lumière ne passe, apeurée, peut-être, d'être emprisonnée, étouffée, comme le reste, jusqu'à s'éteindre lentement. Elle chasse en vain quelques rayons d'oxygène, tendant son nez vers un extérieur qui la fuit comme la peste. En vain, à croire que le vide est contagieux. Tout le quartier plaint cet animal empaillé à sa fenêtre qui passe ses dimanches au cimetière sans personne à pleurer. C'est elle-même qu'elle pleure. Sa vérité effraie. Parfois, je l'envie. Son acceptation de la déchéance a quelque chose de poétique.

Et je la vois au loin sourire dans le cimetière. Elle regarde les passants alimenter leurs placebos. Devant la pierre, il faudra faire court. C'est que ça se fendille vite les illusions, surtout celles auxquelles on veut croire. Il faut bien que chacun joue le jeu. Un regard à une belle femme, un sourire à la vue d'un oisillon, et le rideau tombe. Et ils partiront vite, retenant leur souffle jusqu'à la porte. Et respirer, enfin. Remplir leurs poumons pour rejeter dans leur souffle toutes ces idées sombres dont ils avaient dû s'empiffrer. Urgence : en aspirer de nouvelles. Des images de joie prises à un passant, un cri d'allégresse d'une fillette, le frétillement d'un chien. Peu importe, chacun doit se nourrir, question de survie. L'obligation du bonheur a engendré la nécessité du conformisme émotionnel. Ils ont tout essayé pour le créer de toute pièce, elle aussi. Peine perdue ; rien ne naît du vide. Alors ils aspirent, ils aspirent tout ce qu'ils peuvent et ne rejettent que des cendres.

Autour d'elle, il n'y a que de la poussière, et elle sourit à l'idée qu'un jour le monde s'étouffera avec.

Autour de nous, il n'y a que le vide.

Le (pas) Fabuleux Destin d'A.P.

Je me rappelle parfois avec nostalgie de l'époque où j'avais encore quelques délires toxicomaniaques légers concernant les seules questions existentielles qui m'importaient alors, à savoir comment Spielberg avait pu avoir l'idée farfelue de faire cette gueule à E.T. ou, plus important, qu'était devenue A.P. Pour le premier, on était arrivés, avec mon partenaire de maroco, à la conclusion que tout cela ne pouvait être que l'issu d'un raid aviné dans le désert par une nuit pluvieuse, où le fameux réalisateur assoiffé avait croisé un nain vêtu d'un imper vert qui avait partagé sa bière devant les feux de la Cadillac en répétant toutes les trente secondes, à en devenir casse-couilles, qu'il voulait téléphoner pour rentrer chez lui. L'incompréhension des deux protagonistes dégueulant chacun sur leur propre planète se termina par la course vaudevillesque d'une Cadillac poursuivie en plein désert par un nain cycliste qui avait un pneu crevé.

La deuxième énigme fut beaucoup plus ardue à résoudre et, comme bien souvent, cette grande interrogation philosophique a trouvé sa résolution dans mes chiottes. Pas qu'une potiche ringarde se soit retrouvée au fond de ma cuvette, ma mère n'a pas mauvais goût à ce point, mais à la dernière page d'un des magazines néo-machistes-unisexes de mon frère. L'exaltation, doublée d'un fort soulagement, que j'ai ressentie, entre autres, à la lecture de cette révélation, m'a presque déclenché un orgasme. J'ai immédiatement appelé mon compagnon d'investigation (eh oui, comme toute bonne citadine qui se respecte, je vais toujours aux toilettes entièrement équipée) pour lui annoncer la bonne nouvelle. J'avais enfin résolu le mystère : les potiches démodées se donnaient rendez-vous dans les pages oubliées des bimensuels pour célibataires. Et la question n'est pas de savoir comment je me suis retrouvée à lire ça ! « Faites-vous des amis avec A.P. ». Fous rires, vannes à deux balles, on a finalement décidé d'aller fêter ma découverte le soir même, autour d'un verre et du fameux trophée. S'en ai suivi une grande discussion sur la reconversion professionnelle. Que pouvait-on bien faire après avoir été retourneuse de lettres à la Roue de la Fortune ? Dans quelle foutue case de l'ANPE cela pouvait-il bien rentrer ? « Faites-vous des amis avec A.P. ». Était-ce une pub porno déguisée pour timides maladifs ? Ou des gens croient-ils vraiment qu'être capable de retourner des lettres qui clignotent vous donne le pouvoir mystique de trouver des potes à des personnes qui les cherchent dans les petites annonces ? Re-fous rires, re-vannes à deux balles. On rigolera moins quand on sera vieux, mais on s'en fout, on est jeunes. Tout de même, que de bruit pour un pot de fleurs en mini-jupe !

Froncement de sourcils et soupir de désespoir en pensant à mes pitoyables balbutiements chaque fois que je dois me souvenir de dates historiques, d'auteurs de romans que j'ai pourtant aimés, sans parler des histoires qui se résument souvent à trois phrases entrecoupées de machins et de trucs. C'est un problème ; je ne me souviens pas de mon enfance. Tout ce que j'en ai retenu, c'est que personne ne gagne jamais à la tyrolienne du *Juste Prix*. Il semblerait que mon disque dur soit encombré de tout l'art déco des jeux télé et dessins animés de mon enfance. Mémoire pleine, veuillez faire de l'espace. J'ai essayé, « delete » impossible, ça fait partie du système. Un bidule célèbre a écrit qu'« aux États-Unis la vie ressemble à un film », il s'est juste trompé d'échelle. Dis-moi ce que tu regardes, je te dirai qui tu es. Les vrais héros d'aujourd'hui sont des meubles parlants made in Ikea que l'on décline selon le panel visé. Il se fait des potiches pour tous les goûts, de toutes les couleurs. On en a même sorti des modèles masculins qui ont fleuri après l'arrivée du premier modèle gay avec mascotte animalière intégrée.

En exclusivité : recette de fabrication d'une potiche réussie. Prenez un décérébré excentrique (ou une girafe en écharpe), mettez-le sous le feu des projecteurs quelques semaines, assaisonnez d'« infos » trashs bidons, laissez prendre et mettez dans une émission à succès. Vous obtenez un élément décoratif tout à fait inutile (avec la technologie actuelle, vous n'allez tout de même pas nous faire croire que les lettres ne peuvent pas se retourner toutes seules) mais autonettoyant, qui a le seul avantage de faire en sorte que monsieur ou madame ne râle pas trop lorsque vous voulez regarder le foot ou Ruquier. Ah, la télé ! Je crois sincèrement que nos sociétés contemporaines disparaitraient en moins de deux si tout le monde balançait son écran plat. La défenestration télévisuelle comme suicide collectif, faudrait y penser !

Vous trouvez ça pathétique ? Balayez devant votre porte. Que veulent devenir vos gamins ? Pompiers ? Avocat ? Médecin ? Ouvrez les yeux, ils rêvent sûrement d'aller à la Star Ac', de devenir le prochain M. Pokora ou le futur Président ; d'animer une émission à 4h00 du mat' sur la TNT plutôt que d'avoir un vrai travail ! L'immortalité à la portée de tous, ça devrait être le slogan des nouvelles démocraties. Pas plus démago que ceux qu'on fait maintenant.

Les potiches et les stars de pacotille ne meurent pas ils continuent de ne servir à rien, c'est leur fonction. Seul le support
change. La même chose ? Si vous mettiez une annonce dans le
journal, est-ce qu'il y aurait quelqu'un pour le remarquer ?

Balaceras

Autant le dire tout de suite, beaucoup de personnages de cette histoire vont mourir. En fait, ils sont déjà morts. C'est la vie, personne n'est éternel, sauf moi, et je décide qui doit y rester. Vous trouvez ça cruel. Peu importe, c'est la règle du jeu et personne n'y échappe.

C'est une belle journée d'hiver, un lundi. Les vacances de Noël viennent de commencer, et des jeunes ont été tués samedi dans un bar. Alors, pour un jour férié, le centre commercial est plutôt calme en cette fin de matinée. Les employés sont en effectif limité, ils discutent de la récente fusillade, ils ont peur, mais pas ici. Dans la rue, chez eux, au restaurant, tout peut arriver, alors que dans le temple de la consommation ils sont en sécurité. Si ce n'est pas le cas, on ne l'est nulle part.

Les rares clients sont heureux, pas de bousculades, pas d'attente, des chaises libres. Une femme d'une quarantaine d'années, trop occupée habituellement pour faire du shopping, décide de s'installer un moment dans un café de l'aile nord pour lire le journal. Il est presque midi et une petite foule ne va pas tarder à se déverser lentement dans tous les espaces dédiés à la nourriture et à la boisson.

Au « Bornéo », une employée a oublié de venir travailler ce matin. Pour le moment, ça ne change rien. Les deux serveuses peuvent bien s'occuper seules des quelques bouches éparpillées çà et là ; mais à chaque nouveau client, leurs regards se croisent et la même pensée dont elles ont déjà discuté cent fois revient : à la fin de la journée, leur double salaire aura-t-il mérité l'effort ? Pas sûr.

Sur le parking, Conchis vient d'arriver avec sa fille. Elle va bientôt avoir six ans. Elles sont venues choisir son cadeau et manger au fast-food. Conchis ne voulait pas sortir aujourd'hui, un mauvais pressentiment. Mais vous connaissez les enfants… il est souvent tellement plus facile de leur accorder ce qu'ils demandent.

Elle aurait mieux fait d'écouter la petite voix extérieure qui lui soufflait de ne pas mettre le nez dehors ? Facile à dire après coup. Vous y croyez, vous, aux pressentiments ?

C'est ce que je préfère dans mon métier, le libre arbitre. Ce n'est pas parce que j'ai le droit de vie ou de mort que je ne suis pas bonne joueuse. Je ne choisis pas les participants, et je n'ai jamais forcé qui que ce soit à faire du shopping ce jour-là.

Dans les allées, un couple se dispute, comme toujours. Il s'est retourné sur une jolie fille qui passait, elle a souri au serveur, qui t'envoie des textos sans arrêt ? Alors qu'ils s'engueulent pour combler le vide et le silence qui s'installeraient certainement sans ces artifices ridicules de l'amour, une vieille dame les croise et elle sourit, elle sait bien que tout cela ne mène à rien. Elle est venue, comme tous les jours, déjeuner au centre commercial, parce qu'elle n'a rien de mieux à faire. Sauf le dimanche, ses enfants viennent la voir avec les petits. Ils prennent leurs provisions, leurs pièces, et ils partent. Ils n'ont rien à dire, elle est aussi bien ici. Tout le monde la connaît. Les deux serveuses du « Bornéo » lui font un signe. Elle passera prendre un café « de olla » après le repas. Le vigile des Galeries la salue et lui parle des promotions intéressantes du jour bien qu'elle connaisse les rayons du magasin bien mieux que lui. Elle l'aime bien, c'est un gentil garçon, il n'a pas eu de chance. Quand son père est mort, il a dû trouver un travail. De toute manière, l'école, c'était pas son truc. Qu'est-ce qu'il y aurait fait s'il était resté plus longtemps ? Ici au moins, on le laisse tranquille. Il arrive à l'heure, n'est jamais malade, toujours poli, on ne lui en demande pas plus. Il ne se plaint pas, mais il aime parfois quitter son poste et aller discuter avec la vieille dame de sa mère et de la vie à la maison. Maria voudrait l'aider, elle ne sait pas comment, alors elle sourit.

Plus loin, elle va bousculer la petite fille, la fille de Conchis, qui lui lancera un regard noir comme les enfants ne devraient jamais en avoir. Elle s'excusera, horrifiée, puis montera au premier étage pour commander une purée de légumes et du poulet bio panné. Le serveur s'appelle Navi, il est pakistanais. Il apprécie beaucoup la vieille dame, mais ne lui parle que très peu à cause de son accent qui lui fait honte, la peur de faire des fautes. Maria, elle, est une dame cultivée, elle lui prête des livres. Il adore lire, mais n'ose pas lui dire qu'il ne comprend pas toujours, lui demander des explications, s'arrêter, parler. Pourtant, elle aimerait discuter littérature avec lui, même s'il n'y entend pas grand-chose, malgré les fautes. Mais elle ne sait pas comment faire, alors elle sourit et s'assoit avec son plateau.

Il est midi, non loin du centre commercial, une voiture approche, à l'intérieur, cinq hommes. L'un a les yeux bandés, les mains attachées. Les autres sont armés, des fusils, ils ont aussi des pistolets à la ceinture. La voiture roule vite, des policiers la poursuivent.

Midi et quart, le magasin est déjà beaucoup plus rempli que dans la matinée. Des enfants jouent sur les aires prévues à cet effet, des gens mangent, achètent boivent, discutent, flânent, décident du film qu'ils vont aller voir. Le lieu est beaucoup plus animé lorsque le van noir entre sur le parking poursuivi de trois voitures de police et deux camions militaires. Il s'arrête juste devant la porte principale, les autres lui font face. Quelques personnes qui s'apprêtaient à sortir se figent tout à coup, puis décident de se mettre à l'abri dans le bâtiment, les choses pourraient vite mal tourner à l'extérieur, dedans, ils sont protégés.

L'attente mutuelle, l'observation, semble durer une éternité, mais chacun sait bien que tout cela va devoir trouver une issue. À l'intérieur, une femme lit toujours près de la fenêtre du « Bornéo », les serveuses courent de table en table. Dans un magasin de jouets, Conchis attend patiemment le verdict de sa fille. En face, le couple se dispute toujours alors que la jeune femme n'arrive pas à choisir entre deux tops que son compagnon juge identiques, nouveau sujet de dispute. Maria finit son déjeuner en adressant de petits signes à son ami. Elle ira bientôt au café, au rez-de-chaussée et peut-être qu'en la voyant passer le vigile des « Galeries » pourra demander sa pause et venir discuter avec elle.

L'éternité est terminée. Les hommes sortent du van, protégés par son énorme carcasse. Bruits, soufflements, cris sirènes, en quelques secondes les armes pénètrent dans l'édifice. Tout le monde court vers l'autre sortie, mais des ravisseurs se sont saisis des passants et se protègent de leurs corps.

Ils se trouvent au milieu du centre commercial quand Maria, qui descendait par les escalators, réalise la situation. Elle voudrait faire demi-tour, mais elle ne peut courir à rebours. Après une lutte interminable, Conchis, sa fille et le couple sortent enfin libérés de leurs boutiques. Alertés par le bruit, les clients et les serveuses du « Bornéo » s'échappent du café. Le vigile aimerait prévenir la vieille dame, lui dire de s'enfuir, il a peur, il ne peut plus bouger. Navi, plus courageux, inquiété par le regard effrayé de son amie qui disparaissait vers l'étage inférieur court la rejoindre.

Les tireurs se trouvent maintenant entre les deux issues du bâtiment, et le temps pour chacun de réaliser la situation, les forces de l'ordre sont déjà à l'intérieur. Les balles fusent ; certains grimpent vers le ciel, un tir atteint un jeune homme qui gît à l'extrémité de l'escalier mécanique. Le sol est peut-être une meilleure option. Devant le café, les serveuses essaient de convaincre les clients médusés de s'abriter derrière le rideau de verre, le couple s'enlace à terre, la jeune femme pleure, ils ne s'engueulent plus. La fille de Conchis a très peur lorsqu'elle voit un des malfaiteurs approcher, elle court vers la sortie. Personne ne la vise spécialement, le chaos suffirait. Sa mère la poursuit d'instinct. Elle avait peut-être raison, elles sont presque à l'air libre quand Conchis s'arrête. Soulagée, elle peut voir sa fille s'éloigner, alors qu'elle, elle s'écroulera juste avant de passer la porte. La petite ne s'en apercevra que bien plus tard.

Le bruit et la terreur continuent à l'intérieur. Il ne s'est passé qu'une poignée de secondes depuis que les hommes sont entrés. Une des serveuses du « Bornéo » a été touchée au bras, elle saigne abondamment sur les cris inutiles des témoins hypnotisés par le trou béant dans la tête de la femme au journal. Les « boucliers » ne respirent plus depuis longtemps, la police a eu deux ravisseurs et la cause du bain de sang a été éliminée. Les derniers tireurs pensent à rejoindre l'étage supérieur, Navi veut convaincre Maria de remonter, mais elle reste figée. Elle voit un policier se faire abattre, un malfaiteur tombe presque à ses pieds. L'autre veut monter, elle est là, devant l'escalier. Un tiers de respiration, elle a un morceau d'acier plaqué sur le front, une armée qui la désigne de leurs armes. Elle sait qu'elle va mourir, elle sait qu'elle doit. Bruit. Mais elle ne sait pas comment, elle sourit. Et ce sourire que tout le monde aimait tant, masque de la peur et de l'ennui, restera à jamais figé sur son monde de regrets. Calme.

sirÉ

Nouvelle originellement écrite pour le recueil Visions à paraître prochainement.

Je ne pourrai jamais oublier comment tout cela a commencé. C'était il y a bien longtemps, et le monde a bien changé depuis lors, mais les images qui défilent chaque nuit sous mes paupières closes sont aussi nettes que si tout cela s'était produit hier. Aujourd'hui, malgré leurs lèvres scellées, je vois bien que les jeunes gens nous jugent, qu'ils imaginent qu'ils auraient pu faire mieux, que nous aurions dû faire autrement, prendre davantage de précautions. L'esprit critique est si facile lorsque les conclusions ont déjà été tirées. Nous, nous étions tout simplement convaincus de ne pas avoir le choix et, malgré tout ce dont j'ai été témoin, je continue souvent de penser que nous avions raison. Comment tant de territoires, tant d'idées empruntant une même direction pouvaient-ils tous avoir tort ? Les interprétations étaient certes bien distinctes, mais le mot d'ordre se répétait à l'identique : nous devions renoncer à notre liberté pour rétablir l'ordre et sauver ce qui pouvait l'être de l'humanité. Dans cette guerre de tous contre tous qui faisait rage, seuls les dictateurs parvenaient à contenir l'hémorragie de rage qui nous avait contaminés. Nous ne pensions pas avoir le choix, nous ne pensions tout simplement pas en être encore là plus d'un demi-siècle plus tard.

Les yeux dans le vague, perdu dans mes pensées ressassées du matin, je vérifie que j'ai bien activé le bon visa de sortie sur mon passeport numérique. À 70 ans passés, il m'arrive plus souvent que je ne veux bien l'admettre d'oublier ces petits détails du quotidien capables de transformer une journée ordinaire en véritable calvaire. La dernière fois que cela m'est arrivé, j'ai passé plusieurs heures au poste de contrôle à expliquer à trois jeunes, plus occupés à se moquer de mon âge et de mes trous de mémoire qu'à trouver une solution, pourquoi je me promenais avec une autorisation administrative périmée. J'avais d'abord essayé de préserver quelque peu ma fierté, en vain, vaincu par l'incompréhension administrative et l'envie impériale de retrouver mon morne quotidien, toujours plus joyeux que ce triste bâtiment sans âme. Quand je suis enfin sorti, ma fenêtre de ravitaillement était passée et j'avais écopé de trois jours de confinement strict. Mon réfrigérateur était vide et j'ai passé le reste de la semaine à avaler des boîtes de conserve infectes et à pester contre cette jeunesse bornée qui prend tout au pied de la lettre. Je suis parfois sidéré de voir à quel point nos belles idées se sont couvertes de ridicule une fois sorties de leur contexte. C'est peut-être à cela que nous devrions savoir reconnaître les pires d'entre elles.

Pour les visas de sortie, cela a commencé lors de la grande épidémie, et encore aujourd'hui, nous brandissons avec fierté cet outil innovant qui nous a permis de sauver des millions de vies, qui se sont éteintes depuis bien longtemps. C'est en tout cas ce que disent les livres d'histoire. Puis ça a été pour les petites épidémies, les émeutes, les conflits entre les citoyens aux opinions contraires, la régulation du trafic et de la population. Ça a fini par devenir une habitude, une évidence pratique qui ne dérange que le fond silencieux de notre inconscient.

Mon visa médical activé, je me rends à mon rendez-vous au Centre de don du district, depuis longtemps surnommé Don, prononcé avec un accent anglais pré-sirÉ que je ne parviens toujours pas à m'expliquer. Je devais m'éteindre le 3 mars, je suppose donc que la date a encore changé en raison d'évènements imprévisibles. J'espère seulement que ce ne sera pas plus tôt, que ce ne sera pas pour aujourd'hui, pour demain, pour cette semaine. Je n'ai plus grand monde autour de moi, mais j'aimerais au moins avoir le temps d'un weekend pour dire au revoir à ceux qui restent. La semaine, personne n'a le temps et les demandes de dérogation de planning sont rarement accordées.

Il fait froid en cette fin février. Les rues sont calmes. Sur le chemin, seuls deux agents en uniforme se sont résignés à sortir leurs mains de leurs poches pour vérifier mon visa entre deux souffles sur leurs doigts engourdis. Arrivé devant le grand bâtiment blanc sans fenêtres qui disparaît presque sur ce fond de ciel neigeux, j'ai l'impression d'être déjà aux portes du paradis, un paradis de semelles qui crissent, de lèvres closes et de paupières hermétiques. Le Don n'est pas le lieu le plus gai de la cité, mais c'est certainement l'un des plus sereins, l'image du monde dont nous rêvions, un monde de contrôle et de sécurité, un monde sans fenêtres et sans vie aussi. Toute médaille a son revers et, dans notre certitude, nous n'avions pas voulu la retourner.

Je passe les imposantes portes blanches automatiques et un hôte d'accueil au sourire immaculé me dirige vers le dixième étage. En avance, je m'installe dans les douillets fauteuils blancs et me laisse absorber par la musique insipide qui comble discrètement le vide sonore. Je ne saurais dire si j'aime cet endroit ou si j'y passe toujours plus de temps que nécessaire pour me punir, mais ce grand rectangle sans fenêtres a le don de faire revivre mes souvenirs. Dans ce vide que nous nous sommes acharnés à bâtir, quel autre choix avons-nous que de revivre ce passé que nous voudrions tant oublier ?

Face au portrait sans âge de Lee, seul ornement de cette pièce stérile, je navigue parmi les images mouvementées de ma jeunesse. J'avais 20 ans, le monde brûlait autour de moi. Malgré la fraîcheur et l'air pur de la salle d'attente du Don, je ne peux m'empêcher de suffoquer en y repensant. Après la montée des océans et les bouleversements agricoles, les quelque 14 milliards d'habitants que comptait alors la planète devaient s'entasser dans des espaces plus restreints que jamais. L'air opaque nous collait aux poumons, l'eau courante était à peine consommable. Les diarrhées mortelles étaient revenues sur notre continent qui les avait depuis longtemps oubliées. Partage, collaboration et réalisme auraient dû être nos maîtres mots, bien sûr, mais les gens, emportés par la peur, ont préféré blâmer ceux qui étaient revenus avec elles et s'accrocher à leurs maigres idéaux déchus. J'ai vu des vieilles dames se battre pour quelques bouteilles d'eau, des enfants amaigris se faire arrêter et tabasser pour avoir volé à peine de quoi survivre à la journée, des hommes et des femmes morts servir de dîner à des animaux errants. Comment ne pas préférer la tranquillité parfois sinistre dans laquelle nous vivons ? Plus de famine, plus de sans-abris, plus d'épidémies incontrôlées, d'émeutes ravageuses et de conflits assassins dans des ruelles mal éclairées. Bien sûr, j'aurais préféré que les dénonciations, les restrictions, les contrôles et les exécutions prennent fin avec le reste de ces fléaux, mais il y a bien longtemps que j'ai arrêté de croire que nous pouvions tout avoir. Le choix était facile ; les gens se fichent bien de la liberté, ce qu'ils veulent, ce sont des certitudes. Je leur ressemble à bien des égards, c'est surement pour cela que j'ai si bien réussi à les convaincre.

J'avais 20 ans, le monde brûlait autour de moi, et Lee, à peine plus âgé que moi, s'offrait d'éteindre l'incendie. Il était de ces personnes solaires, à la fois rassurantes et redoutables, qui donnent naissance aux véritables chefs charismatiques, en tout cas de la trempe de ceux dont nous avions désespérément besoin. Du chaos, il avait su faire surgir un sentiment d'appartenance qui était tombé dans les oubliettes de l'histoire. Un sentiment d'un genre nouveau. Fini les frontières, les drapeaux, les couleurs, les rites et les mots, l'opinion était dorénavant une religion, et il offrait une thèse entière à un troupeau égaré en mal de sens. Les brebis galeuses avaient disparu, les plus chanceuses préférant l'exil à la soumission. Mais pour aller où ? Liberté n'était déjà qu'une terre de légende pour faire rêver ceux qui avaient besoin d'ailleurs, mais depuis bien longtemps, quel que soit le pays et les belles idées sur lesquelles il est bâti, je ne vois plus aux commandes qu'une bande d'adolescents capricieux qui se complaisent dans l'autosatisfaction et refusent toute forme de contradiction.

M. Ernest ? Une voix suave cachée derrière un immense bureau blanc me sort de ma rêverie. M. Ernest, docteur Alset a presque terminé avec son patient. Elle va bientôt vous recevoir. Je fais un signe de tête à ce drôle de mobilier parlant avant de tenter de retrouver le fil de mes pensées, mais une lumière verte s'allume avant de m'en avoir laissé le temps. La voix m'indique que je peux entrer.

Le docteur Alset, une petite brune menue à l'air tout aussi aimable que le bureau de la salle d'attente m'invite à m'asseoir en face d'elle et de l'énorme écran qui lui cache la moitié du visage. « M. Ernest, il semble que la date de votre départ ait dû être avancée au 26 février ». Pas d'excuses pouvant engager la responsabilité du Don, une voix franche et assurée, pas de vocabulaire excessif, elle a visiblement plus d'expérience que le jeune médecin de la dernière fois, se dit-il en attendant que la doctoresse ait terminé l'argument introductif. « Il était prévu qu'il y ait des morts au cours du long weekend passé, mais la météo a été tellement mauvaise que tout le monde a préféré rester chez soi. Le solde excédant explique donc l'avancée de la date de votre départ au 26 février à 17 h ». J'aimerais lui expliquer que le 26 est dans trois jours, et que cela ne me laissera surement pas le temps de dire au revoir à mes proches, que quelques jours en excédant ne vont pas changer le monde, mais toute tentative d'influence serait vaine et ne pourrait m'apporter que des ennuis. Alors, je me contente d'un signe de la tête et de la main. Je sais bien comment fonctionne cet algorithme. Nous avions fait l'erreur de laisser l'humanité déborder de son lit par le passé. Quels que soient nos différents et nos opinions, nous savions pertinemment que nous ne pouvions pas nous permettre de la commettre à nouveau.

La technologie et l'efficacité sont les fondements de sirÉ, et je dois bien avouer que, malgré quelques désagréments, nous avons tenu notre pari sur bien des points. Nous avons réussi, en un rien de temps, à juguler durablement les plaies que l'humanité avait mis des siècles à se créer. Alimentation, logements, pollution, natalité et démographie sont aujourd'hui gérés de manière centralisée et rationnelle par des outils de haute technologie incorruptibles. L'algorithme du Don central a été un des premiers à être mis en place pour en finir avec la surpopulation, et un demi-siècle plus tard, il reste une des valeurs majeures de notre système.

« Vous serez accompagné au niveau 46 à 16 h 30 précises. Ne soyez pas en retard. Les retards ont un effet catastrophique sur l'ensemble de la chaîne de Don. » Je consens d'un hochement de tête. « Nous ferons une série d'examens médicaux, puis vous pourrez revêtir la tenue de votre choix. Faites attention tout de même à rester sobre, sinon, nous devrons vous changer après l'opération ; les extravagances ne sont globalement pas très bien tolérées lors des cérémonies d'adieu. » Le docteur Alset s'arrête et me regarde. Je ne sais pas trop quoi dire. C'est déjà la troisième fois que j'entends exactement le même discours. Je crois que j'ai compris le message. Je souris en pensant que ma fille aimerait surement me voir allongé en tenue à fleurs roses lors de la cérémonie. Le docteur Alset doit prendre ça pour un assentiment et reprend, satisfaite, le cours de sa présentation. « À 17 h précises, vous serez endormi. La cérémonie d'adieu aura lieu le 28 février à 10 h 30. Les faire-part ont déjà été transférés à tous les contacts de votre compte Citoyen. Nous avons également activé l'ensemble des avantages auxquels vous avez droit. Tout est clair ? » Je voudrais lui demander des précisions sur la procédure, sur le temps que ça prendra avant que je m'éteigne, si je sentirai quelque chose, mais je sais pertinemment que ses lèvres resteraient closes et que mes questions ne pourraient m'apporter que des ennuis. Les médecins du Don sont d'un genre particulier qui tient plus du perroquet que du scientifique d'antan. Je hoche la tête une dernière fois. « Très bien, à jeudi alors », dit-elle avant de se replonger dans son écran.

En sortant, je jette un œil au portrait de Lee et lui rends son sourire entendu. Cinq ans, il s'était donné cinq ans pour rétablir l'ordre, puis rééduquer progressivement la Communauté à la liberté. Cinq ans sont devenus dix, et une des premières mesures de son second mandat fut de supprimer toute échéance. « J'ai surestimé la capacité des citoyens à gérer leur liberté, et je m'en excuse. Je ne prendrai pas le risque de vous décevoir à nouveau, avait-il dit avant de s'arroger les pleins pouvoirs pour une durée infinie. Je suis le responsable de vos faux espoirs, mais pas celui de vos échecs. Soyez patients avec vous-mêmes. Nos efforts doivent continuer, se renforcer, pour ne pas sombrer à nouveau dans la terreur, mais, bientôt, nous serons prêts ! » Nous ne serons jamais prêts. Nous avons appris à préférer nos brides au risque de nous voir déchaînés, à nous méfier des autres et de nous-mêmes, bien plus qu'à regretter notre liberté. Finalement, à quoi nous avait-elle servi jusqu'ici, à part à nous détruire ?

Je profite de mes nouveaux avantages pour me rendre au supermarché. Trois jours avant le départ, tout citoyen a le droit à un certain nombre de privilèges, qui marquent aussi le point de non-retour ; les changements de date sont interdits dans les 72 heures qui précèdent le don. Je passe devant tout le monde. Les citoyens de la file d'attente fixent leurs chaussures pour éviter de croiser mon regard, celui d'un fantôme. Malgré tous ses efforts, Lee n'a jamais trouvé de solution pour éradiquer la propagation des superstitions et autres « âneries », et a même fini par s'en servir pour s'assurer la docilité de ses sujets. L'une d'elles assure que croiser le regard d'un donateur annonce la mort d'un proche. Je les comprends, nul n'a envie de regarder un condamné en face. Je dévalise les rayons. Je remplis mon panier de tous mes produits préférés. Viande, fromage, vin, légumes, gâteaux, poisson, j'ai le droit d'emporter tout ce qui peut tenir dans cette corbeille qui reste habituellement si légère. Et je pourrai en faire de même demain. J'en suis presque euphorique et j'en oublie un instant que cette frénésie est aussi le synonyme de ma fin.

En rentrant, à la vue de mon réfrigérateur plein, l'excitation laisse soudain la place au souvenir de toutes ces années de privations. Celles de la guerre, mais aussi de toutes celles qui ont suivi, toutes ces années, même les meilleures d'entre elles. Je me rappelle ce merveilleux printemps qui a vu fleurir une des plus abondantes récoltes qu'il nous avait été donné l'occasion de voir. Il y en a eu beaucoup d'autres depuis, mais je n'avais jamais rien vu d'aussi splendide. Les couleurs et les odeurs qui se répandaient partout m'ont fait imaginer un futur qui ne s'est jamais réalisé, fait de rires, de soleil, de chants et de danses. Une image de bonheur qui n'a duré que quelques instants. En cherchant un coin tranquille où m'abriter des regards, je suis tombé sur Lee et quelques-uns de ses plus proches acolytes. Ils détruisaient des fruits, des légumes, tuaient des volailles et les enterraient dans de petites tombes. Il y avait de ces petits promontoires à perte de vue. Lee a planté ses yeux dans mon regard humide, desserré mes points, avant de m'expliquer au creux de l'oreille qu'il fallait bien mener les gens au désespoir pour leur faire accepter les mesures désespérées qui parviendraient à les sortir durablement de leur misère, de leur violence, de leur égoïsme. Mais à en croire la fête qui battait son plein à quelques mètres de là, il ne serait pas de ceux qui auraient à souffrir de la faim. Il fallait de l'énergie pour poser les questions, apporter les réponses et trouver les moyens d'en faire payer le prix au reste de l'humanité. Tout avait changé. Rien n'avait changé. J'aurais peut-être dû courir, crier, avertir tous ceux que je pouvais, mais je l'ai aidé à recouvrir ses petits trous. Encore aujourd'hui, devant mon réfrigérateur plein, je me demande si ça a été la plus grande réussite ou la plus grosse erreur de toute mon existence. Lee était sans aucun doute notre sauveur, mais depuis ce printemps, je n'ai plus jamais été tout à fait certain que nous avions tant besoin d'être sauvés. Je me suis peu à peu éloigné, jusqu'à perdre tout contact avec ceux qui avaient un jour été mes amis et qui étaient aujourd'hui mes dirigeants.

Je m'attendais à ne plus très bien dormir à l'approche du départ, mais je suis tombé comme une souche hier soir. Je me réveille de bon matin, toujours les yeux perdus dans mes pensées ressassées. Une fois mon rituel terminé, je vérifie que le visa J3 est toujours activé sur mon passeport numérique et je me rends au centre commercial dans une voiture de luxe commandée pour l'occasion. Le chauffeur est froid et peu bavard, lui aussi fuit mon regard. Je rentrerai en transports en commun, je me sentirai un peu moins mort. Je me dirige vers une boutique devant laquelle j'ai toujours l'habitude de passer, sans jamais en franchir la porte. À quoi bon ? Je n'ai pas les moyens de m'offrir ne serait-ce qu'une paire de chaussettes ici. Dubitatif, le vendeur me regarde passer le seuil du magasin, puis ses yeux s'illuminent en voyant mon visa J3. Il se reprend. L'État paiera la facture, quoi qu'il en coûte, mais il serait indécent de montrer trop de joie face à un fantôme. Je choisis un magnifique costume bleu en coton égyptien, une chemise blanche et une cravate assortie qui me donne l'air d'un de ces pilotes à l'ancienne. J'achète également une belle ceinture en cuir et des sous-vêtements neufs.

Une fois paré pour le départ, je fais un détour par le cinéma pour passer le temps et décider des films que j'irai voir ces trois prochains jours. Habituellement, je peux à peine m'offrir une deuxième séance mensuelle en plus du ticket offert à tous les citoyens.

Comme d'habitude, il y a beaucoup de comédies à l'affiche, ce qui sied particulièrement bien à ma situation austère. Je vois au moins trois titres qui pourraient parvenir à me changer les idées pendant quelques heures et réserve une place pour la séance de ce soir. En rentrant, je téléphone à mon restaurant préféré et demande au réceptionniste de me garder une table pour deux pour le dîner de mercredi. Je serai certainement seul, mais j'espère encore qu'Agatha ou Simon pourra se libérer. J'avais espéré que ma vie serait plus chamboulée si près du départ, mais le quotidien reprend finalement vite ses droits. En attendant que mes vêtements retaillés à la hâte soient livrés, je me prépare un déjeuner pantagruélique et m'effondre sur le canapé.

Le film n'était pas si mal. Rien d'original, mais ce n'est pas vraiment ce qu'on demande à un divertissement, et cela fait bien longtemps que le cinéma, la littérature, la musique ou la peinture ne sont plus que cela, des divertissements. D'aussi loin que je me souvienne, Lee avait toujours détesté « cet art élitiste et prétentieux qui te pourrit le cerveau », mais il n'avait jamais rien fait pour l'empêcher d'exister, du moins autant que je sache. Les gens s'en étaient tout simplement éloignés d'eux-mêmes, boudant les « navets soporifiques » et se ruant sur les « génies du divertissement ». J'avais eu du mal à m'y faire au début, mais je dois avouer que les artistes redoublent d'efforts pour produire des merveilles remâchées qui ont le don de me faire sourire et oublier mon quotidien. Cela fait des années que je ne manque aucune de mes séances mensuelles offertes.

Mercredi matin, je reçois un message d'Agatha me confirmant qu'elle n'a pas pu se libérer pour le dîner, mais qu'elle a obtenu l'autorisation de prolonger sa pause de jeudi pour faire un visio-déjeuner. C'est mieux que rien. Avec Simon, nous serons trois pour mon dernier repas. J'aurais préféré les serrer dans mes bras une dernière fois, surtout ma fille, mais c'est peut-être mieux comme ça. Le weekend dernier, même en pensant qu'il y en aurait d'autres, je n'avais pas pu retenir mes larmes, et je déteste voir Agatha pleurer.

Des types aussi austères que le chauffeur de la berline me livrent mon costume, je suis donc libre d'aller manger des popcorns devant un autre film.

Il était beaucoup moins bon que celui d'hier. Je me console en pensant au merveilleux dîner qui m'attend. Je rentre me reposer un peu et me changer. Je porte le costume qui m'accompagnera dans mon dernier voyage. Après tout, pourquoi n'aurais-je pas le droit d'en profiter moi aussi. Je devrai juste faire particulièrement attention à ne pas me salir, mais La Toison d'Or n'est pas vraiment le genre d'endroits où les gens se salissent de toute façon. Je me résigne à appeler un nouveau chauffeur qui me dépose devant la porte. Je lui demande de m'attendre sur le parking. Je ne saurais dire cette idée l'enchante où le dégoûte tant son regard est inexpressif. Je suis accompagné à ma table par un jeune homme souriant d'une beauté pure et discrète. Je contemple les dorures et les œuvres d'art à l'ancienne qui surchargent les murs. La Toison d'Or est un restaurant d'exception qui a su garder le charme et le mystère d'antan. Quel dommage que si peu de citoyens aient la chance de pouvoir passer ses portes ! Je commande un assortiment d'amuse-bouches accompagné d'une bouteille de vin rouge spécialement conseillée par le sommelier, un canard aux baies rouges et une farandole de desserts pour terminer. Je ne mange jamais autant, mais je veux au moins avoir la chance de pouvoir goûter une bouchée de toutes les petites merveilles qui peuvent encore se présenter.

En avalant la dernière farandole, j'ai l'impression que je vais exploser et mourir sur place, heureux. Je fais passer le temps et le repas de quelques digestifs avant de rejoindre la berline qui m'attend devant la porte. Le beau jeune homme est toujours là. Je le regarde longuement en feignant de ne pas réussir à monter dans la voiture. « Un peu trop de digestifs ! » Il vient à mon secours. Ses doigts fins qui me soutiennent et son parfum m'accompagneront jusque dans mes rêves, les derniers. Ça peut avoir l'air bête, mais c'est une des choses qui me manquera le plus.

Jeudi. Je me réveille un peu plus tard que d'habitude, profitant de ce bonheur matinal que je ne connaîtrai plus. Après mon rituel quotidien, je vérifie une bonne dizaine de fois que la connexion, le micro et les haut-parleurs fonctionnent correctement. J'attends l'heure du déjeuner les yeux dans le vague. J'aurais pu aller au cinéma une dernière fois, mais à quoi bon ?

Midi. Agatha est pile à l'heure. Je vois qu'elle a pleuré, mais elle fait tellement d'efforts pour le cacher que je me bats avec moi-même pour lui renvoyer mon plus beau sourire. Nous échangeons des banalités, les mots n'ont plus d'importance. Simon nous rejoint. Son caractère enjoué remet un peu d'entrain dans notre conversation. Il nous parle de sa fille, de son travail, de son dernier tournoi de golf, qu'il a bien failli gagner cette fois, comme d'habitude. Je ris. Ça faisait longtemps que je n'avais pas ri. J'en pleure presque, mais je me retiens. Une heure, ça passe vite parfois. Simon raccroche, et je reste encore quelques minutes à regarder pour la dernière fois Agatha qui fait semblant de sourire. Je sens que le masque est tout près de craquer. J'invente une excuse, des livreurs à la porte, et je ferme vite cette fenêtre sur une vie qui n'a jamais existé. Je murmure un « je t'aime », mais elle a déjà raccroché.

Je profite des quelques rayons de soleil qui percent les nuages pour aller faire une promenade dans la neige. Si le départ avait eu lieu l'été, j'aurais pu aller une dernière fois à la plage. Dommage ! À 15 h 30, je rentre chez moi, replis soigneusement mon costume neuf, et je m'installe une dernière fois sur le canapé, une tasse de café à la main. Je déguste le gâteau au chocolat que le gérant de La Toison d'Or m'a si gentiment emballé dans une petite boîte en carton avant que je ne quitte le restaurant. Il est l'heure de partir pour le Don.

Curieusement, aujourd'hui, je n'arrive pas en avance. Je me présente à l'accueil à 16 h 30 précises. Comme me l'avait expliqué le docteur Alset, je suis immédiatement accompagné au 46e étage. Je n'étais jamais monté plus haut que le dixième. Une charmante réceptionniste scanne mon visa et m'accompagne dans une salle tout aussi blanche que les autres. Je suis un peu déçu, je pourrais tout aussi bien être au dixième étage. Je m'attendais à quelque chose de spécial. Une doctoresse prend mon pouls, mon sang, écoute mon cœur battre, puis m'indique la salle où je pourrai me changer. Il est 16 h 50. Je mets mon beau costume, je patiente. Le temps ne passe plus, encore moins qu'avant, lorsque je regardais dans le vague en buvant mon café. Puis une lumière verte s'allume et une nouvelle porte s'ouvre sur une immense salle au milieu de laquelle trône un lit d'hôpital.

Je suis subjugué par les immenses fenêtres qui forment un arc de cercle dans le fond de la pièce. Je n'ai jamais rien vu de si haut, de si beau. De là, je vois toute la ville recouverte par la neige. Le docteur Alset me demande de m'installer sur le lit. Je m'exécute. Il me permet de continuer à admirer la vue. Plus rien ne compte. Un oiseau passe devant les fenêtres. Une larme coule sur ma joue. Personne ne semble le remarquer, trop occupés qu'ils sont à régler tous les appareils qui entourent discrètement mon cercueil. Un oiseau passe, et je réalise bien tard que j'aurais pu donner bien des années de cette demi-vie pour avoir la chance de m'extasier devant plus de ces merveilles, de voir d'autres paysages que ceux qui m'étaient autorisés, de manger d'autres gâteaux, de boire d'autres vins, de prendre Agatha plus souvent dans mes bras. J'ai la bouche sèche, je manque d'air, je me sens pris en otage par la folie du monde que j'ai contribué à créer. J'ai envie de me lever, de crier, de me jeter du haut de ce grand rectangle blanc. Cela ne changerait rien, et pourtant, il me semble que cela changerait tout. Mais je ferme les yeux, je m'endors, j'ai toujours aimé dormir, je m'en vais, le sourire aux lèvres, avec la sensation amère d'avoir été l'architecte de mon inexistence.

Éradiquons les pauvres

Pièce en un acte

Décors

Une pièce, un trône (un vrai, pas une chiotte, quoique, faudrait y penser, ça pourrait faire une mise en scène vendeuse à Paris). Quelques casseroles çà et là sur le sol.

Personnages

Le roi… et tout un tas d'autres sans importance que nous classerons en deux catégories : les lèche-culs du roi ; les pauvres

Scène 1

Le roi, un lèche-cul

LE LÈCHE-CUL, *sur un ton catastrophique* : Sire ! C'est une catastrophe ! Le peuple est à la porte ! Ils veulent détruire le château !

LE ROI : Ça nous donnerait une bonne excuse pour faire des travaux ou en construire un neuf. Vous savez qu'il pleut dans ma chambre aussi maintenant ? Il faudrait vraiment faire quelque chose avec ce toit.

LE LÈCHE-CUL : C'est qu'on n'a pas les moyens de faire les réparations Sire.

LE ROI : Je sais ! Vous répétez ça sans arrêt. Un temps. Ce sera tout ?

LE LÈCHE-CUL : Comment ça, ce sera tout ?

LE ROI : Je vous demande de réparer le toit, vous me dites qu'on n'a pas les moyens… Ce sera tout ?

LE LÈCHE-CUL : Mais, c'est que je n'étais pas du tout venu pour ça, Sire.

LE ROI : Ah ! Pourquoi déjà ?

LE LÈCHE-CUL : Le peuple, Sire ! Il est à la porte !

LE ROI : Ah oui ! Qu'est-ce qu'il veut ?

LE LÈCHE-CUL : De ce que j'ai entendu, vous tuer.

LE ROI : Ah bon ! Bah, ne les laissez pas entrer alors. Dites-leur que je suis souffrant. Qu'ils rentrent chez eux et je les recevrai un autre jour.

LE LÈCHE-CUL : C'est qu'ils ne demandent pas vraiment la permission, Sire.

LE ROI : Comment ça ? Mais c'est une honte ! Vous entrez chez les gens sans y être invité vous ? Quel manque d'éducation ! Il faudrait penser à construire des écoles dans ce royaume.

LE LÈCHE-CUL : Vous étiez contre le projet l'an passé.

LE ROI : Pourquoi ça ?

LE LÈCHE-CUL : Vous disiez que les gens intelligents créaient des problèmes.

LE ROI : Les cons aussi visiblement. Un temps. Ce sera tout ?

LE LÈCHE-CUL : Comment ça, Sire ? Qu'est-ce que je fais avec le peuple ?

LE ROI : Ne les laissez pas entrer je vous ai dit !

LE LÈCHE-CUL : C'est qu'ils ne demandent pas vraiment la permission, Sire. Ils essaient de forcer la porte.

LE ROI : Mettez plus de gardes !

LE LÈCHE-CUL : Ils y sont déjà tous, mais les villageois sont plus nombreux.

LE ROI : Tirez dans le tas ! Ça en tuera quatre ou cinq, et les autres fileront comme des lapins.

LE LÈCHE-CUL : C'est que nous n'avons pas d'armes, Sire.

LE ROI : Des gardes sans armes ! Qu'est-ce que c'est que cette connerie !

LE LÈCHE-CUL : Vous avez vendu les dernières pour organiser la soirée pour la baronne l'an dernier.

LE ROI : C'est vrai. Quelle belle soirée. Il faudrait penser à en faire une autre. La baronne a des goûts de luxe, mais c'est vraiment une femme charmante. Drôle, raffinée, ouverte… Voyez ce qu'on peut faire.

LE LÈCHE-CUL : Pour ?

LE ROI : La fête ! Voyez comment on peut se débrouiller pour organiser une fête décente pour la baronne dans tout ce merdier.

LE LÈCHE-CUL : Et pour le peuple ?

LE ROI : Bah, il faudrait s'occuper de ça évidemment. La baronne ne peut pas arriver en étant huée par des villageois qui lui lancent des tomates tout de même.

LE LÈCHE-CUL : Et comment fait-on, Sire ?

LE ROI : Donnez-leur ce qu'ils veulent !

LE LÈCHE-CUL : Pour le moment, ils veulent vous tuer.

LE ROI : D'où leur vient une telle idée ?

LE LÈCHE-CUL : Les Français, la Révolution.

LE ROI : Je déteste le Français. Ils mangent des trucs bizarres, sans parler de leurs idées saugrenues. À part me tuer, qu'est-ce qu'ils veulent ?

LE LÈCHE-CUL : Manger, je suppose.

LE ROI : Voilà ! Donnez-leur donc un truc à grailler, et qu'ils rentrent chez eux pour qu'on soit tranquilles pour la fête !

LE LÈCHE-CUL : Il n'y a pas assez de nourriture au château, Sire, et si vous faites ça, ils reviendront demain.

LE ROI : Ce n'était vraiment pas un jour à me faire des soucis. Je suis ballonné. Bon, quel est le problème ?

LE LÈCHE-CUL, *sur un ton toujours aussi catastrophique* : Sire ! C'est une catastrophe ! Le peuple est à la porte ! Ils veulent détruire le château !

LE ROI : Ça va, ça va, j'ai compris ! Pourquoi veulent-ils casser le château ?

LE LÈCHE-CUL : Ils sont pauvres.

LE ROI : Tous ?

LE LÈCHE-CUL : Presque.

LE ROI : Et comment on règle ça d'habitude ?

LE LÈCHE-CUL : On prend dans les caisses.

LE ROI : Pourquoi vous ne l'avez pas dit tout de suite ? C'est bien ça. Pour une fois que vous avez une proposition correcte, faut pas hésiter.

LE LÈCHE-CUL : C'est que les caisses sont vides, Sire.

LE ROI : Remplissez-les !

LE LÈCHE-CUL : Pardon ?

LE ROI : Vous me dîtes que les caisses sont vides. Remplissez-les et prenez dedans pour donner aux pauvres.

LE LÈCHE-CUL : Mais avec quoi ?

LE ROI : Avec quoi ? Quoi ?

LE LÈCHE-CUL : Avec quoi je remplis les caisses ?

LE ROI : Avec ce que vous voulez, je m'en fous.

LE LÈCHE-CUL : Mais ça n'a pas de sens, Sire.

LE ROI : Comment ça, ça n'a pas de sens ? Vous me dîtes qu'il faut remplir les caisses. Remplissez !

LE LÈCHE-CUL : Avec de l'argent !

LE ROI : Faites un peu attention à votre ton !

LE LÈCHE-CUL : Pardon Sire.

LE ROI : Et comment on trouve l'argent d'habitude ?

LE LÈCHE-CUL : On augmente les impôts.

LE ROI : Pourquoi vous ne l'avez pas dit tout de suite ? C'est bien ça.

LE LÈCHE-CUL : Le peuple n'arrive plus à payer les impôts actuels, c'est pour ça qu'ils veulent vous tuer.

LE ROI : Vous êtes pire qu'une femme vous ! Chaud, froid, chaud, froid. Je ne sais plus où j'en suis. Un temps. Qu'est-ce que vous proposez alors ?

LE LÈCHE-CUL : La meilleure solution serait de baisser les impôts, Sir.

LE ROI : Alors ça, pas question ! Comment je répare le toit après ? Et la fête pour la baronne ? Non, il est temps que le peuple apprenne le sens des priorités.

LE LÈCHE-CUL : Qu'est-ce que je fais alors ?

LE ROI : Reprenons. Quel est le problème exactement ?

LE LÈCHE-CUL : Lequel ?

LE ROI : Vous le faites exprès ? Mettez-y un peu du vôtre mon petit ! On ne s'en sortira pas comme ça ! Quel est le problème avec les fous furieux qui veulent démolir mon château ?

LE LÈCHE-CUL : Ils sont pauvres.

LE ROI : Voilà. Le problème c'est qu'il y a des pauvres ?

LE LÈCHE-CUL : C'est ça.

LE ROI : Tuez-les.

LE LÈCHE-CUL : Comment ça Sire, tous ?

LE ROI : Oui, enfin vous pouvez en épargner quelques-uns si vous avez des amis dans le tas. Mais dans l'ensemble c'est ça.

LE LÈCHE-CUL : Mais on ne peut pas faire ça, Sire, ça n'a pas de sens.

LE ROI : Pourquoi tout doit toujours avoir un sens avec vous ? Si on n'a plus d'écoles, c'est justement pour pouvoir faire simple sans que personne ne nous emmerde. Le problème c'est qu'il y a trop de pauvres. On tue les pauvres, on tue le problème !

LE LÈCHE-CUL : Mais…

LE ROI : Assez ! Ils veulent ma tête, je ne vais pas passer la journée à me torturer les méninges. Prenez-en une petite dizaine dehors, trouvez un prétexte pour me les amener sans alarmer les autres et jetez-les aux crocodiles.

LE LÈCHE-CUL : Aux crocodiles ?

LE ROI : J'ai vu ça dans un spectacle. C'est propre, ça laisse pas de traces.

LE LÈCHE-CUL : Il n'y a pas un seul crocodile dans le royaume à ma connaissance.

LE ROI : Comment voulez-vous que je mette en place des politiques correctes ? On n'a jamais ce qu'il faut. Qu'est-ce qu'on a de plus proche ?

LE LÈCHE-CUL : Des cochons.

LE ROI : Ah non ! Les cochons ça pue ! En plus, on les mange après et je crois que ça me couperait l'appétit de savoir que l'animal a dévoré une personne qui voulait me tuer, des fois qu'ils aient trouvé le moyen de l'empoisonner. Et on risque aussi d'avoir les religions barbares sur le dos. Trouvez quelque chose de plus propre. Et surtout que les autres péquenots ne se doutent de rien.

LE LÈCHE-CUL : Bien Sire. Il sort.

Scène 2

Pas de décors, c'est plus pratique à Avignon. Un groupe de lèche-culs en arc de cercle. Chacun prend la parole à tour de rôle en suivant l'ordre dans lequel ils sont placés.

Le roi a complètement perdu la tête ! Il veut éradiquer les pauvres du royaume pour pouvoir inviter la baronne.

Parce que tu t'en rends compte seulement maintenant ?

Quand même

On devrait faire quelque chose.

Quoi ?

Tous se regardent

Un de nous devrait prendre le pouvoir.

Ça devrait pas être compliqué de convaincre les ploucs.

Et il n'y a plus d'armée.

Un temps

TOUS : Qui ?

Tous se regardent

Le royaume est ruiné, les paysans en colère, la terre pourrie. Qui voudrait diriger ce merdier ?

Un temps

C'est du suicide.

Sinon ils ont apporté des ours et des tigres avec le cirque.

Tous le regardent sans comprendre

LE MÊME : Pour se débarrasser des pauvres !

TOUS : Ahhhh !

Parce que je ne vois vraiment pas comment le cirque pourrait sauver le royaume.

Ça s'est déjà fait !

C'est une idée.

TOUS : Non.

Les tigres c'est bien, c'est propre.

Combien il nous en faudrait ?

Tout ce qu'ils ont. Dis-leur de ne plus les nourrir jusqu'à nouvel ordre.

Vous croyez que ça va marcher comme plan ?

TOUS : Non.

Ils se dispersent rapidement.

Scène 3

La salle du trône.

Un lèche-cul, le roi, des pauvres.

LE LÈCHE-CUL : Sire, on a des tigres.

LE ROI : Des tigres !

Il se met à crier et grimpe sur son trône.

LE LÈCHE-CUL : Qu'est-ce qu'il vous prend Sire ?

LE ROI : S'il y a des tigres, je préfère qu'ils vous bouffent en premier, ça me laissera le temps d'aviser.

LE LÈCHE-CUL : Non, les tigres pour les pauvres. Comme on n'a pas pu trouver de crocodiles, on s'est dit que...

LE ROI, *descendant de son trône* : Pourquoi vous ne l'avez pas dit tout de suite ? Vous m'avez foutu une de ces trouilles. Vous les avez bien enfermés au moins ?

LE LÈCHE-CUL : Oui Sire, vous ne courez aucun danger. Qu'est-ce qu'on fait maintenant ?

LE ROI : Combien ils peuvent en avaler ?

LE LÈCHE-CUL : Pardon ?

LE ROI, *impatient* : Les tigres, combien de fous furieux ils peuvent avaler selon vous ?

LE LÈCHE-CUL : Je ne sais pas trop. Au cirque, ils nous ont dit qu'ils n'avaient pas mangé depuis un bail.

LE ROI : Bien. Allez chercher une poignée de fous furieux et dites aux autres que je recevrai leurs doléances par petits groupes.

Le lèche-cul sort et revient avec une dizaine de paysans et d'autres lèche-culs.

LE ROI : Bonjour, que puis-je faire pour vous ?

UN PAUVRE : Bonjour Sire. La situation est catastrophique. Avec les intempéries de cette année et les augmentations d'impôts, nous n'avons plus assez pour nourrir nos familles. Il faut absolument que vous baissiez les taxes afin que nous puissions continuer à cultiver les champs. Il en va de l'intérêt du royaume tout entier.

LES AUTRES : C'est vrai !

LE ROI : Mon pauvre… pauvre. Regardez un peu autour de vous. Vous voyez bien que ce château part en miettes. Pour les impôts, c'est hors de question, mais nous avons pu débloquer une solution d'urgence en attendant un climat plus clément.

UN AUTRE PAUVRE : Sire, je doute que cela soit suffisant. Dans quelques mois, ou quelques jours, nous en serons exactement au même point. Les petits travailleurs comme nous ne peuvent tout simplement plus financer le train de vie somptuaire de la cour et des seigneurs.

LES AUTRES : C'est vrai !

LE ROI : Somptuaire ! C'est la meilleure ! Mais ouvrez donc les yeux mes pauvres… pauvres. Il pleut dans mon château !

UN AUTRE PAUVRE : Et toutes les années passées ? Ce n'est tout de même pas notre faute si vous n'avez pas su gérer l'argent que nous gagnions pour vous !

LES AUTRES : C'est vrai !

LE ROI : Du calme ! Des erreurs ont pu être faites par le passé, mais j'ai un véritable plan aujourd'hui. Vous verrez, tout va s'arranger très vite.

UN AUTRE PAUVRE : Et on peut le connaître ce plan ?

LES AUTRES : C'est…

LE ROI : Malheureusement, en parler pourrait tout mettre en péril. Faites-moi confiance. Suivez ces hommes, ils vont vous offrir de quoi améliorer votre quotidien en attendant.

UN AUTRE PAUVRE : Très bien ! Mais si une véritable solution n'apparaît pas très rapidement, nous reviendrons pour planter votre tête sur une pique !

LE ROI : C'est ça, c'est ça. Emmenez-les !

Les pauvres sortent entourés de lèche-culs.

LE ROI : Maudits Français.

Quelque temps plus tard…

LE LÈCHE-CUL : Sire, les tigres ne peuvent plus rien avaler !

LE ROI : Merde, je pensais que ça avait toujours faim ces trucs-là. Il y a encore des pauvres en colère ?

LE LÈCHE-CUL : Encore Sire.

LE ROI : Redistribuez-leur les terres de ceux qui ont disparu. Ça devrait les calmer quelque temps et dites-leur que je les recevrai un peu plus tard, quand les tigres auront de nouveau faim. Enfin, vous ne leur mentionnez pas la dernière partie, ils n'y comprendraient rien.

LE LÈCHE-CUL : Vous n'avez pas peur qu'ils s'étonnent qu'on leur offre les terres de leurs voisins ?

LE ROI : Racontez qu'on leur a proposé une excellente opportunité dans un royaume allié.

LE LÈCHE-CUL : Et pour les familles ?

LE ROI : Ramenez-les en premier aux tigres !

LE LÈCHE-CUL : Mais Sire !

LE ROI : Vous n'allez pas commencer à être sensible maintenant tout de même ! C'est vous qui avez eu l'idée pour les tigres.

LE LÈCHE-CUL : Pas exactement.

LE ROI : Ne jouez pas sur les mots. Faites ce que je vous ai ordonné. Et que quelqu'un prépare mes valises ! Je viens de recevoir une lettre de la baronne, elle organise une petite sauterie et je compte bien m'y rendre pour décompresser un peu.

LE LÈCHE-CUL : Sire.

Ils sortent.

Scène 4

Un peu plus de temps plus tard… Les fuites dans le toit ont visiblement cessé et la salle du trône a été agrémentée d'objets luxueux et grossiers. Le roi porte une énorme couronne ridicule.

Un lèche-cul, le roi

LE LÈCHE-CUL : Sire, c'est une catastrophe, les bourgeois sont à la porte ! Ils veulent détruire le château !

LE ROI : Encore !

LE LÈCHE-CUL : Ah non, c'est nouveau Sire. La dernière fois c'était le peuple.

LE ROI : Qu'est-ce que ça change pour moi ?

Le lèche-cul hausse les épaules.

LE ROI : Et qu'est-ce qu'ils veulent ?

LE LÈCHE-CUL : Vous tuer.

LE ROI : Encore !

Le lèche-cul hausse les épaules.

LE ROI : Quoi d'autre ?

LE LÈCHE-CUL : Manger… Encore.

LE ROI : Et je suppose qu'on n'a plus assez pour tout le monde.

LE LÈCHE-CUL : C'est-à-dire qu'avec la célébration pour la baronne…

LE ROI : C'est vrai… Quel beau mois. La baronne était aux anges. Elle est complètement folle de moi maintenant.

Le roi semble perdu dans ces pensées.

LE LÈCHE-CUL : Sire !

LE ROI, *surpris* : Hein ! Quoi ?

LE LÈCHE-CUL : Les bourgeois, Sire.

LE ROI : Ah oui ! Qu'est-ce qu'il s'est passé exactement ? Tout allait si bien pourtant.

LE LÈCHE-CUL : Presque tous les pauvres ont disparu, Sire.

LE ROI : Et alors ?

LE LÈCHE-CUL : Alors les riches ne savent pas cultiver les terres et ils ne sont pas assez nombreux.

LE ROI : Et alors ?

LE LÈCHE-CUL : Les riches sont devenus pauvres, Sire.

LE ROI : Bah voilà ! Tuez-les aussi alors !

LE LÈCHE-CUL : Mais Sire, il n'y aura plus rien à manger et plus d'argent pour le château non plus.

LE ROI : Ah. Qu'est-ce qu'ils veulent.

LE LÈCHE-CUL : Vous…

LE ROI : Mais à part ça ?

LE LÈCHE-CUL : De la main-d'œuvre, des esclaves.

LE ROI : On a ça ?

LE LÈCHE-CUL : Un peu.

LE ROI : Donner-leur

LE LÈCHE-CUL, *vite* : Et baisser les impôts.

LE ROI : Ah non ! Pas encore ! On a rafistolé le toit, mais les entrepreneurs demandent beaucoup plus pour le réparer totalement ! Et mes allers-retours chez la baronne ne sont pas donnés. C'est hors de question !

LE LÈCHE-CUL : C'est-à-dire qu'avec toutes les disparitions dans le royaume, les gens sont très remontés, Sire. Ils ne se laisseront pas avoir si facilement cette fois.

LE ROI : Faites un peu attention à votre ton !

LE LÈCHE-CUL : Pardon, Sire.

Le roi semble pensif. Le lèche-cul attend impatiemment une réaction.

LE ROI, enlevant sa couronne : Assez ! Diriger ce royaume est beaucoup trop stressant. C'est mauvais pour mon estomac. La baronne m'a annoncé durant ma dernière visite qu'elle souhaitait que je m'installe dans son domaine. Je pars !

LE LÈCHE-CUL : Ce n'est pas le moment Sire.

LE ROI : Justement. Démerdez-vous !

LE LÈCHE-CUL : Mais pour combien de temps ?

LE ROI : Pour toujours ! Je démissionne !

LE LÈCHE-CUL : Vous ne pouvez pas faire ça.

LE ROI : Si, si. Adieu.

Il sort. La couronne est sur le trône. Les autres lèche-culs arrivent. Même jeu que dans la scène 2.

Quand même

On devrait faire quelque chose.

Quoi ?

Tous se regardent

Un de nous devrait prendre le pouvoir.

Ça devrait pas être compliqué de convaincre les branleurs.

Et il n'y a plus d'armée.

Un temps

TOUS : Qui ?

Tous se regardent

Le royaume est ruiné, les bourgeois sont en colère, la terre est pourrie. Qui voudrait diriger ce merdier ?

Un temps

C'est du suicide.

UN DES LÈCHE-CULS : Faisons une république !

Tous le regardent

Et qui va diriger la République ?

LE MÊME : Le peuple… Et moi.

Tous le regardent. Il se dirige vers le trône, met la couronne sur sa tête et s'assied.

UN AUTRE : Vous croyez que ça va marcher comme plan ?

TOUS (sauf celui sur le trône) : Non.

Ils se dispersent rapidement.

Scène 5

Un lèche-cul, le Président

LE LÈCHE-CUL : Monsieur le Président, c'est une catastrophe ! Les bourgeois sont encore à la porte. Ils se foutent complètement qu'on ait décrété la République.

LE PRÉSIDENT : Je croyais qu'ils aimaient bien les Français et leurs idées à la con. Ça devrait leur faire plaisir.

LE LÈCHE-CUL : C'est qu'ils meurent de faim, Monsieur le Président.

LE PRÉSIDENT : Ah ça ! Encore. Amenez-moi leurs représentants, je vais leur parler.

LE LÈCHE-CUL : Je ne sais pas s'ils en ont.

LE PRÉSIDENT : On est en République merde, qu'ils en élisent quelques-uns !

Le lèche-cul sort. Il revient un peu plus tard avec une dizaine d'hommes. Pendant ce temps le Président fait des trucs de Président.

UN BOURGEOIS : Sire…

LE PRÉSIDENT : Ah non ! Arrêtez ça, on n'est plus en monarchie !

LE MÊME : On vous appelle comment alors ?

LE PRÉSIDENT : Monsieur le Président.

UN AUTRE BOURGEOIS : C'est plus long.

LE PRÉSIDENT : Certes. Vous avez une autre demande ?

UN AUTRE BOURGEOIS : Il faut que vous fassiez quelque chose, Si… Monsieur le Président. Nous mourons de faim, nous ne pouvons plus continuer à payer les impôts exorbitants que vous nous exigez. Vous devez prendre des mesures.

LE PRÉSIDENT : Ce n'est pas si simple. Nous sommes en République maintenant.

UN BOURGEOIS : C'est-à-dire ?

LE PRÉSIDENT : C'est-à-dire que je ne suis que la figure du Royaume, non de la République, pour graver sur les pièces si vous voulez. Mais c'est vous qui vous dirigez vous-même. Vous êtes responsable de votre destin, et si le pays va mal, c'est un peu de votre faute.

UN BOURGEOIS : On peut baisser les impôts alors !

LE PRÉSIDENT : Ça non !

UN BOURGEOIS : Pourquoi non ?

LE PRÉSIDENT : La République a besoin d'un visage et ce visage, c'est moi. Je ne peux pas recevoir les délégations internationales n'importe comment. Le toit du château est en très mauvais état et ma garde ro….

Les bourgeois se ruent sur le Président. Noir, on entend des cris.

À L'Italienne

Les fins de nuits étouffantes. Le vide s'éparpille, quelques chaussures zigzaguant, et le silence, si ce n'est les cris intempestifs et ces talons qui résonnent sur les pavés de Trastevere, les yeux débordés des fontaines géantes de l'Italie.

Toc… Toc… Toc…

Plus loin, les cloches romaines frappent encore et encore son crâne du temps qui passe et des riens qui ne se pressent pas encore et encore.

Encore une nuit de perdue, un jour, une semaine, elle ne sait plus compter. Tout ce dont elle se souvient, c'est de la place des miroirs qu'elle a appris à fuir. Seuls, eux aussi, à la poursuivre de l'image de ses yeux noirs qui s'effritent tout comme les sérénades mensongères ont fini par dépecer la peinture asséchée des façades où naissent les romances de l'humanité.

Autant qu'elle puisse s'en souvenir, tout avait bien commencé. Tout commençait toujours bien. Il lui manquait simplement ce don cruel et réaliste de reconnaître le moment où le doux son des violons se transforme en une bave acide vous rongeant les os. Ses amies sont belles, certes elle ne l'est pas. Elle se le répète chaque fois qu'elle doit sortir accompagnée de paires de jambes interminables, de décolletés accueillants et de sourires hypocrites, angéliques. Laide, laide, laide. Seule, personne ne la remarque de toute façon. Où est le pire ? Ne pas exister aux yeux du monde, où n'avoir de substance que dans le regard méprisant et intéressé de ceux qu'elle ne sera jamais ? Rejet après rejet, déception avant déception, elle y retourne pourtant, arpenter les pavés de Trastevere, avec toute la foi des églises qui l'entourent, l'espoir aux lèvres et le sourire dans un verre d'Espumante.

Tout avait bien commencé. Tout commence toujours plus ou moins de la même manière. La fin est tout à fait la même. L'équilibre, personne en rade. Des mots agréables, des éclats de rire le long du Tibre, les effleurements, toujours derrière, pour observer le cirque. Pas elle, les autres. Ils veulent pouvoir lever leur doigt et partir avant qu'un embouteillage ne se forme et que les portes ne se ferment par des yeux qui tombent. Toujours derrière. Il faut bien être sympa avec le canard, ça rassure le troupeau et ça évite que des plumes ne viennent voler, disgracieuses, au milieu du champ des cygnes.

À la traîne. Comment ils se la répartissent celle qu'il faut écouter ? Comment ils arrivent à la jouer cette foutue sincérité ?

Et les jeux s'ouvrent. Les boites de conserve volent, les flèches explosent des ballons multicolores avant même le moindre contact pour des ours en peluche à trois euros qu'on a tout de suite envie de balancer à la flotte. Et les roses. Ces putain de roses dont on pourrait tapisser toute la chapelle Sixtine et le reste de la ville avec. Elles sont là à pourrir, bouffant les détails de ce qui pourrait être beau derrière les sucs qui lissent le tout d'un insoutenable conventionnel.

Toujours derrière, à l'approche du pont, quand les infortunés pourront témoigner de la victoire sans péril du reste de la meute éphémère, ils auront enfin le droit de se débarrasser de leur poids mort pour aller chasser leur gloire parmi les miettes acceptables abandonnées çà et là entre les pierres et le verre des cadavres scintillant au milieu du désintérêt général.

Le pont approche. Le manège tourne, les chevaux de bois font la ronde, les chiens de garde à la bride bien serrée s'assurent que le tour finisse à l'heure prévue, suffisante pour le faire tourner encore. Elle n'y montera pas. Pas cette fois. Toujours pas. Le billet est trop cher pour le son et lumière qui attire l'œil du touriste, et ne reste que le labyrinthe raidi par le froid où naissent les putains de miroirs aveugles et les familles malheureuses, les sorties de secours et les entrées fantômes. Et la bave s'échange. Et le crapaud a disparu.

Éclats opaques et suintants sur les marches de Santa Maria. Épines lacérant les paumes, étranglant la tige de ce qui pourrit déjà dans le lit du fleuve. À espérer que la nuit se meure, que le soleil renaisse des cendres qu'il a éparpillées sur le pont Garibaldi pour recommencer, demain, à frapper les pavés de Trastevere.

Tac… Tac… Tac…

Et y chercher ce qui ne s'y est jamais trouvé.

3 ans

Il paraît que l'amour dure trois ans. Ça doit être vrai. Deux fois, à une éternité d'intervalle, je m'apprêtais à souffler le trio de bougies quand le vent a tourné et les a éteintes à ma place. La deuxième a été la pire, je ne l'ai pas vu arriver. On dit qu'on arrête de croire au prince charmant en vieillissant ; mais on oublie de préciser qu'il a une putain d'utilité le blondinet en cheval : quand on rencontre un vrai mec, on voit bien la différence et on sait que ça ne va pas durer. Alors qu'avec le temps, on perd ses illusions et on apprend les concessions ! On s'accroche plus, plus vite, et la page est bien plus dure à tourner. Par pitié, montrez-moi une perfection falsifiée pour adultes que je puisse balancer des fléchettes dans la gueule de tous mes ex en les traitant de connards, sans remord, puisque le mieux existe.

Et l'ennui aussi. La rupture trentenaire (je n'imagine même pas après) a quelque chose d'épuisant, d'assommant. La recherche, « la chasse », c'est excitant à vingt ans, c'est nouveau. Malheureusement, quelques années plus tard, on se rend compte que les personnes, les histoires, les rencontres sont toujours les mêmes. On met ses plus beaux habits, on parade, on s'aime, s'engueule, s'ennuie et on se barre. Du premier « bonsoir », du premier sourire, plus personne n'y croit. Nous ne sommes que les acteurs pathétiques d'une pièce jouée trop longtemps. On devrait arrêter la représentation, mais qu'est-ce qu'on ferait après ? On ne sait pas vivre autrement. L'amour post-libéral s'est transformé en réplique édulcorée du travail : on n'a pas envie, mais faut bien gagner sa croute. Métro, boulot, sexo, dodo ; retour au 19e siècle, ne passez pas par la case départ, ne touchez pas le bonheur promis. Personne ne gagne à ce jeu, la case « zéro » a été supprimée, elle coutait trop cher à la banque. Même dans le vrai, il n'y a jamais de vainqueurs, les parties sont toujours trop longues et tout le monde abandonne avant la fin.

Mon histoire n'est pas plus originale que les autres, dommage ! À l'école, on m'a fait lire un livre. « Tous les amants, même les plus médiocres, s'imaginent qu'ils innovent » qu'il disait. Je ne jouis même plus de la fraîcheur de l'illusion. Au moins, j'étais prévenue.

Alors voilà, ça avait pourtant mal commencé, tous les signes avant-coureurs y étaient. J'aurais dû m'y attendre. Pas de papillons, pas de fourmis, tout le foutu zoo du Walt Disney de l'amour était absent. Rien, pas même un éclair, une étoile. Vous avez déjà remarqué comme le champ lexical de l'amour standard tourne toujours autour des mêmes thèmes ? Le monde se répète encore et encore. Si le système scolaire était plus efficace, on cesserait peut-être de faire sans arrêt les mêmes conneries.

Mais on a continué. Suite aux trois mois réglementaires d'amour sans tâche, de sourires niais et de sexe biquotidien, il y a eu la première engueulade, on s'est accrochés. L'amour devrait durer trois mois.

Bien évidemment, après, les éléments susmentionnés se font plus sporadiques. On résiste, on se pose des questions, on accepte finalement le charme apaisant du quotidien. La routine est une petite mort. Qui peut encore l'ignorer ? Les chanteurs de variété l'ont suffisamment gueulé sur tous les toits. J'ai une passion sadique pour la vérité. Il me semble que ceux qui se passent d'elle ignorent tout. Cela dit, il faut être honnête, elle n'a jamais empêché qui que ce soit de commettre des erreurs. Elle rend juste la pilule un peu plus difficile à avaler. Mais on avale, qu'est-ce qu'on sait faire d'autre ? Charles Perrault s'est trompé dans ses contes, ce n'est pas à cent ans, mais à un millier de jours qu'est condamnée la Belle au Bois Dormant. Un peu plus, un peu moins, de toute manière ça ne change rien à l'histoire et les grandes personnes ont fini par s'en lasser. Au final, l'amour est un jeu d'enfants… Les adultes n'y trouvent d'intérêt que quand ils ont eux-mêmes des gosses.

Et, un soir, on se réveille. Dans mon cas, ça a été par des coups de pied qui me priaient instamment de bien vouloir libérer de la place dans le lit conjugal. J'ai toujours été douée pour voir venir les choses. Pas cette fois. J'ai dégringolé du 7e ciel en moins d'une demi-seconde suivie d'une bonne demi-année de convalescence aidée de mes deux amis Benzo et Diazépine dont j'ai eu bien du mal à me débarrasser. Les potes de dépression, c'est fou comme c'est collant.

J'ai toujours pensé que les autres étaient totalement inutiles dans ce genre de situation. Regardez les poètes et les chanteurs, ils nous bassinent depuis des siècles avec l'ivresse de la rencontre, la tranquillité de l'amour, la violence de la rupture. Mais quand vient l'après, on a le droit aux éternels « un de perdu… », « faut tourner la page », « je te l'avais bien dit que c'était qu'un con ». Sérieux, ça a déjà aidé quelqu'un ces conneries ?

J'aimerais avoir de meilleurs conseils à donner, mais je n'ai pas toujours réponse à tout. Cependant, la fuite m'a paru un compromis acceptable. Ça ne règle rien ? Certes, mais si rien ne règle quoi que ce soit ? Il faut bien faire quelque chose. N'importe quoi m'apparaissait juste un peu mieux que rien. Alors, après avoir maté des décors paradisiaques pendant deux heures, je me suis dit qu'il faudrait peut-être que je me casse, pour me trouver, ou pour me fuir, de toute façon, on s'en fout, qui se pose vraiment la question ? Au moins, ça changerait, encore une illusion, elles font vivre ; l'espoir c'est pour les optimistes ou les catholiques.

La bonne morale promet qu'on guérit de tout. On ne va pas non plus aller dire à tout le monde qu'ils traineront leurs casseroles à vie, il y aurait encore plus de suicides chez France Telecom.

Ma vérité : on ne se remet jamais complètement, et de petites cicatrices en grosses béquilles, nous perdrons peut-être un jour la force de nourrir à nouveau ses voraces illusions que nous savons condamnées.

Tant qu'il y aura des bancs

Demain, je n'existerai plus. Pour beaucoup, je n'ai d'ailleurs jamais vraiment existé, élément du décor qui n'a d'utilité que par la fonction qu'il remplit. Ils ont décidé de me remplacer. Obsolète. Non conforme aux nouvelles nécessités et normes environnementales. Trop vieux. À bien y réfléchir, je ne suis pas si différent de tous ceux qui se sont reposés sur moi, un instant, avant de repartir sans remarquer les traces du temps qui creusent chaque jour un peu plus le bois et la peinture qui me recouvrent.

Vous m'auriez vu à l'époque où ils m'ont installé. Fringant, j'avais de la gueule, je ne grinçais pas encore. Rien à voir avec le débris grisâtre que je suis devenu, qui vous balance des obscénités à cinq mètres, qui vous plante des échardes dans le cul et que les pigeons prennent pour leurs sanisettes. J'étais tellement lisse et brillant que les jolies femmes ne pouvaient s'empêcher de glisser leurs doigts sur mon bois vert. Elles n'avaient pas encore peur de se frotter à moi, je pouvais sentir leurs mains, leurs fesses. Maintenant, je ne sens plus que des manteaux lorsque l'hiver est trop froid pour s'allonger sur la pelouse, et la pluie. Elle me pénètre chaque jour un peu plus. Je pourris, laissé à l'abandon, le neuf coûte moins cher que l'entretien, et on s'étonne que plus rien ne dure.

Je perds la mémoire avec tout ça, mais je me souviens encore de quelques belles histoires. Je n'ai plus grand monde à qui les raconter, alors je les ressasse dans mes veines pour ne pas les oublier. Faut bien passer le temps. Et parfois, un incurable romantique remarque les traces d'un beau souvenir sur ma peau, il rêve, je lui dis tout, il part. Aujourd'hui, les amoureux sont les seuls à se rendre compte qu'il reste des bancs dans Paris. Mais combien d'amoureux reste-t-il aujourd'hui ? Pas assez pour qu'on me conserve.

Comme tout le monde, je n'oublierai jamais ma première histoire d'amour. J'étais jeune, plein d'entrain et d'énergie que je gaspillais dans tous les sens. Il y avait cette jolie jeune fille qui venait lire le journal tous les jours de soleil. Un jour, un type s'est assis, elle est passée devant lui, et il ne l'a plus quittée du regard. Il est revenu tous les jours de l'été, même sous la pluie, il la regardait de loin, son journal à la main qu'il faisait semblant de lire. J'avais envie de lui piquer les fesses pour qu'il se lève et aille lui parler. Mais rien, parfois il se grattait, c'est tout. Et puis l'hiver est arrivé et elle n'est plus revenue. Imaginez mon dossier lorsque je l'ai vu revenir au printemps, j'en étais tout affaissé ! Toujours à la même place elle aussi. Des mois, et il ne se passait toujours rien. Je trépignais, mais il n'entendait que sa peur. Je crois que ce petit jeu aurait pu durer une éternité s'il ne s'était pas produit quelque chose de tout à fait exceptionnel pour l'époque. La jeune femme a dû se lasser d'attendre et est venue s'asseoir sur mes genoux, à côté de lui. Je n'avais rien vu venir et j'ai bien cru que j'allais fondre sur place. Je vous laisse imaginer l'état de monsieur timide ! Il a tout de même réussi à bafouiller quelques phrases. Ils se sont retrouvés là tous les jours de soleil, jusqu'au printemps suivant, jusqu'à la demande en mariage, et souvent par la suite. J'étais comme un pèlerinage pour ce couple vieillissant venant s'entrelacer les doigts sur le petit cœur qu'ils avaient dessiné sur moi dans leur jeunesse. Ils n'ont jamais remarqué que mon état se dégradait, tant mieux peut-être, en tout cas, je ne leur en veux pas. Ils doivent être morts depuis un certain temps maintenant, et bientôt la seule chose qui subsiste encore de leur histoire ira les rejoindre.

Je ne crois pas que les cœurs du bitume survivront bien long-temps à ce massacre, peut-être un tout petit peu plus que moi, condamnés eux aussi à disparaître sous la peur de quelques techno-crates des errances incontrôlables d'une poignée de romantiques acharnés.

Un peu plus tard, je m'étais assagi, c'était après la guerre, j'avais eu peur pour mon vernis, ma fougue en avait pris un coup, et j'ai bien cru que j'allais piquer les fesses de deux avortons qui étaient à deux doigts de me faire un enfant sur le dos. Ils sont arrivés comme ça, sans prévenir, et hop. Je n'y voyais plus grand-chose avec les vêtements qu'ils éparpillaient de partout. Mais à sentir la peau de pêche de la demoiselle se frotter sur moi, je n'ai pas osé dire grand-chose, j'ai même commencé à apprécier. Ils étaient beaux tous les deux. Ils avaient surement dû se cacher à la ferme-ture ou escalader les grilles. Ce n'était pas bien difficile à l'époque, les gens ne se méfiaient pas encore de tout, et la folie était encore possible. Et quelle folie ! Quinze, seize ans peut-être. Mais quel moment ! Je ne crois pas avoir jamais vu tant de passion. Ils s'embrassaient, se caressaient, bougeaient dans tous les sens. Je suis passé par toutes les couleurs. J'ai eu la nausée de tant d'ivresse et de leur chaleur qui m'a coulé dessus. Nous ne faisions plus qu'un tous les trois et nous nous sommes endormis, nus, enlacés. Je me suis fait le plus tendre possible pour qu'ils soient bien. Quand le soleil s'est levé, je les ai un peu secoués, mais ça n'a fait que réveil-ler leur passion. Ils s'embrassaient à pleine bouche lorsque le gar-dien a sifflé de loin. Ils ont vite récupéré leurs affaires et ont couru vers le bois, sans un au revoir. J'étais un peu triste qu'ils ne reviennent pas. Je les ai attendus longtemps, les nuits me paraissaient interminables et je n'arrivais plus à trouver le sommeil. Puis j'ai repris ma vie, avec un petit creux de mélancolie, je leur avais laissé un bout de moi, une vis qui avait du jeu depuis la guerre.

Bien des années se sont passées, dans le calme, contemplant les saisons qui passent sur le parc et la basilique au loin, les soleils d'hiver et les pluies d'été. La ville changeait doucement, mouvement imperceptible qui me laissait ses minuscules marques invisibles. Soudain, l'incroyable ! Au loin, un éclat de rire. Je l'aurais reconnu entre mille. Une petite fille. Ils m'avaient bien fait un enfant sur le dos les salauds ! Ils lui ont dit que j'étais spécial, magique, alors elle s'est jetée sur moi. J'en ai tremblé de toutes mes planches. Puis elle s'est mise à courir après les pigeons qui s'envolaient à mesure qu'elle dodelinait dans leur direction. Elle a ramassé une plume à terre et a commencé à me dessiner dessus. Ça chatouillait fort et on se dandinait tous les deux en riant. J'ai pris dix ans d'un coup. Tout l'invisible à l'intérieur est remonté d'un coup et m'a marqué de ces belles rainures qui me rident encore. J'étais un magicien. Même après des années à la revoir régulièrement, je n'en suis pas tout à fait sûr, mais je pense qu'elle y croyait à ma magie. Après son divorce, elle a même pris un appartement dans le quartier. Ça n'a pas changé grand-chose. Elle est devenue une vieille fille un peu aigrie comme on disait à mon époque. Elle a continué longtemps à me rendre visite, et puis plus rien. Elle a dû se fatiguer d'attendre un miracle. Même pour elle, je ne sers plus à rien.

Je me sens vide depuis que j'ai compris qu'elle ne viendrait plus. Ça va avec l'air du temps, les gens sont vides eux aussi, tristes, malgré le journal de Jean-Pierre Pernaud, les enquêtes de CSI et les résultats du PSG. Les divertissements n'ont jamais suffi à masquer suffisamment le gouffre de qui que ce soit, même moi je sais ça, et je ne suis pas allé à l'école. Alors ils me jettent des obscénités, me frappent pour exprimer leur colère.

Ah, en 68 c'était différent ! Ils se trimballaient avec leurs bouquets de nerfs et leurs gibecières pleines d'espoir les jeunes. Ils m'en lançaient de belles eux aussi, mais c'était du plus haut niveau, du politique. Ils avaient l'air tout fous, j'ai même cru qu'ils allaient me faire flamber ces petits cons. Au moins ils voulaient quelque chose, un monde meilleur, une promesse qui sans le savoir s'adressait à moi aussi, pour que l'on continue à être le toit des discours, de l'amour, de l'avenir. Enfin le toit... c'est comme ce qui s'est dit à l'époque. On a un peu trop rêvé et on a oublié une chose essentielle qui nous est revenue en pleine face : la réalité. Elle en a fait des nostalgiques cette « révolution », à défaut d'autre chose. Eux au moins me comprennent, ils savent que tant qu'il y aura des bancs, on reste un pays de sentiments. Bientôt, il n'y en aura plus. L'usage unique est devenu la norme, sous couvert de sécurité, plus personne ne peut s'allonger sur mon bois plus tout à fait vert... à part les pigeons et mes anciens amis, qui sont bien trop usés pour se battre pour moi. Beaucoup habitent encore le quartier, mais le dix-neuvième n'est plus ce qu'il a été. Eux non plus.

Ça me rappelle ce jeune homme qui se foutait bien de la politique et qui venait souvent rôder autour de moi pour flirter avec une magnifique étudiante qui montait sans arrêt sur mes épaules. Elle me faisait craquer, en bien et en mal, et je lui faisais parfois des frayeurs pour la faire rire. Elle avait un rire tellement vrai que je rajeunissais chaque fois qu'il lui sortait des dents. Lui me faisait sourire. Il se déguisait en révolutionnaire pour lui plaire, ça ne me trompait pas, mais c'était de saison, il y en avait tellement des comme lui que j'avais l'impression de sortir au théâtre tous les jours. Un beau printemps malgré les cris et les pavés. Personnellement, j'ai surtout retenu les mini-jupes. J'en ai vu des petites culottes, senti des fesses que je pinçais à loisir, c'est peut-être ce qui m'a fait rouiller si vite. La jeune étudiante ne portait que des pantalons en cuir, dommage. Je n'y ai vraiment pas cru au début, mais à force de persévérance, il a réussi à attirer son attention et il s'est même sérieusement mis à la politique. Un jour, je l'ai secouée un peu fort et je l'ai poussée dans ses bras alors qu'il se tenait derrière. Les jeunes ont parfois besoin d'un petit coup de pied aux fesses pour se lancer. Ils m'ont tatoué de partout. Des slogans, des mots d'amour, des citations. Ils mélangeaient tout, c'était mignon. Au milieu de leurs amis, leurs doigts s'entremêlaient en cachette sur les épines qui commençaient à se dresser sur ma peau. Et l'été est arrivé, les vacances, le calme. On a écrit beaucoup de discours ensemble par la suite. La fille avait disparu, mais tous les efforts qu'il avait faits pour comprendre le monde en dix jours devaient bien servir à quelque chose. Il est devenu politicien, dans l'urbanisme. Du jour où ils ont passé cette loi de rénovation, je ne l'ai plus revu le traître. Je sais qu'il a essayé, mais les bureaucrates n'en ont rien eu à foutre de leurs amis d'hier, de leur sentimentalisme d'aujourd'hui, place au réalisme de demain. Youpi !

Les êtres humains qui s'allongent sur des bancs publics sont devenus gênants pour le tourisme, le bois coûte trop cher à entretenir, trop fragile, pourtant je reste là depuis plus d'un siècle ! Je suis l'âme d'une ville qui fut celle de l'amour et qui a perdu son cœur au profit de sa peur. Tout le monde marche dans les espaces prévus à cet effet et je marche vers ma fin. Merci de ne pas manger, boire, jouer, respirer. Tout est aménagé. Les rues, les parcs, tout finit par ressembler au métro. Je ne veux pas ressembler à du plastique orange démodé. Je vais être recyclé, faites que ce soit au moins en quelque chose de beau, quelque chose d'où puissent naître des histoires comme celles que j'ai vécues jusqu'ici.

Ce soir, la rue Botzaris est sous la lune, les buttes Chaumont dans la brume. Je longe mes souvenirs, demain je ne serai plus. Assassins !

Vaya con Dios

Mars 1502. Coyllas a six ans. Coyllas va mourir. Tout le monde s'en fout. Ou plutôt, tout le monde s'en réjouit. Le village s'est réuni sur la place à attendre que l'espoir soit enfin prêt à entamer la route pour la grande fête de mai, le mariage des cieux, l'alliance avec ceux d'en bas, ceux qui n'ont pas connu le vent et le gel, la famine et la neige. Il ne comprend pas pourquoi la foule scande son nom, pourquoi sa mère s'acharne à lui enfoncer des aiguilles dans le crâne pour y faire tenir une coiffe aussi haute que son petit corps. Elles doivent absolument rester hissées vers le ciel. Quel drame si elles venaient à tomber ! Désaveu des Dieux, honte sur le reste de la famille, le village qui espère. Les prêtres ne lèveraient pas les bras, n'enverraient pas l'indigne rejoindre la grande fête de mai, l'Inca, les ancêtres, les Dieux. Après tout qu'elles tombent !

La mère respire. Elle sourit à Coyllas dont les jambes ont bien du mal à tenir sous le poids de la coiffe. Il attrape les deux petites figurines, marionnettes qu'il est, déguisées à son effigie et se bat pour faire entrer les trois lamas dans sa petite main gauche. « Il faut bien faire attention à ce qu'ils ne tombent pas », il regarde sa mère, lui fait un signe de la tête, tombe presque à la renverse, se redresse. Après tout qu'ils tombent ! Avec un peu de chance, ils pourront s'animer et courir loin d'ici. Sa mère lui pousse les épaules jusqu'au pas de la porte. Il fait beau sur la place. La pluie a enfin cessé de marteler les champs de boue et le soleil a décidé de s'inviter à la fête. Il sort. Le village hurle. Le tour de la place. Pas de chute, pas de drame, beaucoup de bras au ciel. L'espoir partira demain pour la grande fête de mai.

Le soleil n'est pas encore complètement levé et les gelées du matin persistent jusque dans le souffle de la petite troupe animée à regrouper les vivres. Des hommes pour la paix, quelques femmes pour la parure sacrée, les prêtres pour le ciel et la mort, et les lamas pour la vie. La route qu'ils commencent aujourd'hui sera longue, mais bien plus agréable que celles qu'ils appréhendent déjà au retour. S'ils rentrent. Un vrai chemin, tracé de pierres et de villages où ils pourront retrouver pour une nuit la chaleur et l'humanité, recharger les sacoches vides qui viendront immanquablement à pendre sur les flancs des animaux. Tour à tour, ils chantent, afin que l'ennui et le froid ne viennent pas hanter de désespoir le cortège dont les poches se vident à mesure que les larmes de la mère de Coyllas lui débordent de l'estomac pour venir à ses lèvres. Elle est malade. Un lama la portera jusqu'à Cuzco, ou jusqu'au tombeau, et le petit garçon doit maintenant marcher du lever au coucher du soleil. Il ne se plaint pas. À quoi cela pourrait-il bien servir ? Au moins maintenant on lui laisse porter ses vieilles sandales qui ne lui enflamment pas les pieds et il a le droit de courir pour essayer d'attraper les cochons d'Inde.

Plus ils s'approchent de la capitale, plus les curieux venus de toutes les provinces s'attroupent autour du petit homme. Coyllas ne sait pas pourquoi ils cherchent tous à le toucher sans cesse, mais il se tait. Il n'a jamais rien eu à dire. Il fait juste les grimaces qu'on lui autorise, masque de terreur qui amuse les spectateurs. « Eux, ils n'ont pas de cadeau pour le Sapa Inca. » Sa mère, soutenue des dieux et des ancêtres, est de nouveau sur pieds. Le destin, qui les étouffe déjà, ne les abandonnera pas.

Une fois aux portes de la cité, un prêtre les attend pour les mener à la petite cabane où ils devront patienter jusqu'à la fête. Ils peuvent enfin souffler. Les vivres ne viendront pas à manquer et la lourde tâche d'acheminer la relique sacrée peut être déposée entre de bonnes mains, jusqu'au retour. Récupérer, s'enivrer, oublier. Le chemin sera dur, mais tout est joué et se débattre ne servirait qu'à les épuiser inutilement face à ce qui a été scellé bien avant leur naissance.

Matin de la célébration. Des visiteurs dorment depuis des jours dans les ruelles et sur les hauteurs pour être certains d'avoir la chance d'apercevoir la parade. Le spectacle aura valu la privation. Des semaines, des mois, pour des tours de plumes et une potence. Un jour, les provinces viendront admirer le manège de leurs lamas de bois. Un jour, en attendant la mort, ils rêvent.

Coyllas a dû se lever bien avant le soleil pour remettre ses plumes et son costume. Il est jeune, il sera parmi les premiers à être jeté sur la place, suivi de sa cour et de celle qui sera désormais sa femme, pas ici, plus haut, encore dans les bras de sa mère, incapable de marcher seule, trop petite, trop de poids.

L'immense cercle vide est prêt à les avaler, entouré de murs de pierres, surveillé par un colosse de roche qui n'attend que de se jeter sur eux au moindre faux-pas. Et les cris si intenses que le petit homme pense qu'il est devenu sourd. Les nobles hurlent tout autour, aveuglant Coyllas de leurs costumes trop colorés, de leur or reflété par les plumes de l'Inca qui se répand comme des rayons de soleil prêts à le piquer. Il a tellement peur qu'aucun son ne veut sortir de sa bouche grande ouverte.

Sa mère lui pousse les épaules. Il vacille, manque de s'écrouler et se rattrape sur sa jambe tremblante. Il est aux portes du gouffre, tout le monde l'aperçoit, hurle, il ne peut plus reculer. Il regarde autour de lui, effrayé, il croit à un tremblement de terre, mais ce ne sont que les voix qui s'intensifient encore, si cela est possible, lorsque sa petite femme apparaît, splendide, en larmes, dans les bras de sa mère. Coyllas a répété, il sait ce qu'il doit faire, il ne peut pas bouger. Seuls ses yeux tournent comme ils le peuvent pour tenter de trouver une issue, un trou où se cacher, un sens à ce qu'il se passe. Il retrouve sa mère du regard. Elle n'a pas l'air contente et lui fait de grands gestes circulaires en direction de l'autel. Il respire, fait un pas, les souffles de soulagement le renversent presque. Puis il avance, suivi de l'épouse, des lamas, des claquements de mains et des cris. Il n'y a que le silence dans sa tête. Il n'entend que sa respiration et ses tempes qui battent. Il n'entendra plus jamais rien d'autre, petite marionnette qui n'existe déjà plus que pour le peuple qui l'acclame. Il a bien répété. Demi-tour de piste, les vautours retiennent leur respiration en attendant le signe de l'Inca, tous immobiles. Bras au ciel, cris, fin du tour, retour aux écuries.

Ses gardiens sont aux anges. Tout le monde boit, chante. Il faut bien oublier avant de parcourir le chemin mortel des cieux. Tout le monde se réjouit. Coyllas reste dans un coin. Sa mère tente d'attirer le roi vers la fête, mais il sait qu'il n'a jamais eu de vrai rôle à jouer. Après tout qu'il pleure, qu'est-ce que ça changerait. Et sa mère repart dans la ronde, celle de la vie, celle qui l'oublie déjà.

Les visages sont beaucoup plus fermés le jour du départ. Pas de routes, pas de villages, juste les jambes qui s'enfoncent dans la neige, les pieds qui gèlent et les corps qui meurent. Les lamas plient déjà sous le poids des sacoches qui ne pourront plus se remplir, les prêtres sous les effluves du liquide sacré, aux femmes les parures, et les hommes grognent sous l'effet des fêtes des jours passés. La route ne sera pas longue, mais la joie et l'ivresse ont cédé la place à la réalité dont personne ne veut. Tous espèrent que l'épreuve aura au moins valu quelques bonnes récoltes.

Coyllas attend dans la cabane, il n'a rien le droit de faire, la relique sacrée doit arriver intacte, sinon tout aura été en vain. Le vent est glacial lorsque la petite caravane reprend sa route. Les gardiens les ont abandonnés, ils ont terminé leur œuvre au moment où l'Inca a levé ses bras d'or, la suite ne leur a jamais importé plus que l'idée qu'elle transmet. Les spectateurs ont déserté les rues, et les quelques yeux qui se détournent vite sont emplis de la peur d'être maudits par le petit cadavre qui déambule silencieusement au milieu de ses protecteurs. Les portes, et puis plus rien. Seulement des jours indistincts accompagnés du bruit du vent, du cri des aigles et du craquement de la neige qui s'écrase sous leurs corps. Deux sont morts déjà, emportés par la folie des Dieux et le froid. Coyllas n'a pas froid. Il a droit au liquide sacré qui lui donne chaud et fait passer les journées interminables en un claquement de semelles. Lorsqu'ils arrivent au sommet, cela fait des jours qu'il ne peut plus marcher, il ne sait plus combien.

Tout est prêt, le trou et les fioles, quand ils réveillent Coyllas pour le préparer. Ils lui remettent sa coiffe et ses habits de fête. Ses muscles ne répondent déjà presque plus et il a bien du mal à faire tenir les trois lamas dans sa main engourdie. Il doit boire beaucoup de potion qui rend courageux, il en est écœuré, mais les adultes l'entourent en récitant des chants sacrés et l'exhortent à prendre une nouvelle gorgée à chaque couplet. Entre sa mère qui lui courbe la nuque et le liquide qui coule dans sa gorge, il n'a pas la force de résister. Tout tourne autour de lui. La neige s'illumine et les voix s'incarnent. Il voit les ancêtres qui volent au-dessus de lui et le poussent jusqu'au trou qui l'attend à quelques mètres. La procession le suit sans arrêter ses chants macabres. Coyllas descend et se recroqueville au fond, la tête dans ses genoux, il s'est endormi. Sa mère attrape une pioche et le recouvre lentement de l'amas de terre qui s'est déjà changé en pierre. Les prières durent encore jusqu'au milieu du jour et puis plus rien, pas un bruit, un frémissement sous la terre. Le petit prodige est mort depuis longtemps. Ils peuvent retourner tranquillement au village par un chemin plus agréable, laissant là Coyllas, avec ceux qui l'ont précédé, s'occuper des Dieux, de la récolte, et rejoindre les ancêtres et le silence gelé pour l'éternité.

13 Tombeaux

Quand je me suis levé ce matin-là, y'avait vraiment un truc que je sentais pas. Je sais, c'est facile après coup, tout le monde dit ça. Quand même, ça puait l'embrouille dans l'air, j'aurais mieux fait de rester couché. C'était ma première grosse affaire et la première du capitaine après l'histoire tordue qu'était arrivée à sa fille. Vu la saloperie, moi je l'aurais pas appelé pour ça. Mais bon, paraît qu'il avait insisté, qui fallait lui changer les idées, lui donner un truc à faire. Il tournait comme un lion en cage chez lui et je l'avais croisé deux trois fois en train de foutre la merde dans les bureaux. Moi, ça me fichait un peu les jetons quand même. Ils nous avaient collés en équipe parce que je le connaissais pas avant. Moins de questions, pas de regard de chien de faïence abattu. Ça devait être un truc facile, vite classé, tout un tas de paperasserie et pas mal de recherches. Une bande de cinglées. Mais après que sa fille s'était foutue en l'air, franchement, c'était sûr que le capitaine allait pas lâcher le morceau comme ça. Le pétage de câble, fallait s'y attendre. Je sais pas ce qui leur est passé par la tête ce matin-là. Ils ont dû en avoir marre qui soit toujours dans leurs pattes à téléphoner et tout. Ils ont craqué.

Je suis arrivé aux aurores en plein milieu de la forêt de Meudon. Le capitaine a débarqué bien plus tard. Je suppose qu'ils ont dû hésiter un peu quand même. J'espère. Pas futés les chefs de la brigade. Personne avait rien voulu toucher avant qu'il arrive. Après tout, c'était lui qu'était chargé de l'affaire. Alors on était là, comme des cons, à mater le merdier. C'était pas beau à voir. Ils s'étaient foutus à côté de là où ils entassent les feuilles, ça avait dû cramer comme du petit bois. On savait même pas combien y'en avait. Je parie qu'ils ont cassé quelques bras pour dégager les cadavres tellement ils se tenaient fort, visiblement ils voulaient pas qu'y en ait une qui s'échappe.

Quand le capitaine a débarqué, c'était comme s'il était jamais parti. Tout le monde était au garde à vous et il s'est mis à poser tout un tas de questions. Combien ? Comment ? Combien de temps ? Ce qu'on aurait tous fait. La routine. Ce que j'en ai noté : *femmes, consentantes, probablement droguées. Secte ? Identification difficile.* Paraît que c'est la technique de l'escargot. Putain, ils ont même un nom pour ça ! Vous enroulez la chaine avec les plus faibles à l'intérieur et ça s'encastre comme un jeu de construction. Cinglées, définitivement. Le seul truc louche pour moi, c'est qu'elles étaient toutes à poil. Pas plus qu'une bizarrerie à mon avis, mais c'est ce qui a commencé à chiffonner le chef. Personne avait rien remarqué. De nos jours, plus rien ne m'étonnerait, je lui ai répondu. Plus personne ne remarque rien. Y'a des timbrés partout et tout le monde court tout le temps avec ses yeux collés à ses chaussures ou à son téléphone. Ça a pas eu l'air de le convaincre. Et puis y'a eu cette foutue trainée, une trainée de cendres. Ça pouvait bien être n'importe quoi, mais il a décidé que c'était quelque chose. Son excuse, Sa justification pour lancer Sa chasse aux fantômes. Le doc avait pas trop l'air d'y croire quand il lui a répondu que ça pouvait éventuellement être une victime qui se serait fait la malle. Pas impossible, peu probable. Peu importe, c'est ce qui voulait entendre lui. Pour tout le monde c'était clair. Identification, rapport, condoléances. Pas suffisant. Il a fait fouiller tout le bois avec des chiens, jusqu'aux bennes qui puent à trois kilomètres. Ils étaient pas jouasses les collègues, mais tout le monde a obéi sans broncher.

Rien. Pas de fringues, ou des fringues qu'on retrouvera jamais. Qui sait. Pour la belle, ça, on l'a su plus tard.

Dans la voiture, le chef a accepté qu'on s'arrête acheter un truc pour le petit dej, pas plus. Il voulait faire des recherches sur les sectes du coin au plus vite, comme s'il les connaissait pas déjà toutes. J'ai bien essayé de lui faire entendre raison une seconde, mais ça servait à rien, il était déjà persuadé qu'il retrouverait une survivante. Meurtre. Ça sentait les heures sup. À part ça, pas un mot. Pas besoin. Tout le monde savait ce qui s'était passé, et ça, lui, il le savait aussi.

Sa fille avait disparu pendant presque un an. Il l'avait cherchée partout, utilisé les ressources de la police, bâclé ses enquêtes. Quelques pistes qui n'ont mené à rien. Elle était partie de son plein gré dans une communauté dont personne n'avait entendu parler visiblement. Puis elle était revenue. Elle, c'est beaucoup dire. Une sorte de boite vide à ce qu'on m'a raconté. Le commissaire était tellement content à l'époque qu'il n'a pas voulu voir qu'y avait un truc pas net. D'après les bruits de couloir, elle l'ouvrait jamais sauf pour taper des crises de nerfs sur la bouffe ou les choses qu'ils achetaient. On pouvait pas la toucher non plus. Le monde entier était corrompu et on devait prier pour l'apocalypse, une connerie du genre. Ça lui prenait n'importe où. Dans la rue, au supermarché, à la maison je suppose aussi. Tellement content. Il a jamais voulu entendre parler d'internement. Il doit s'en mordre les doigts maintenant. Quelques mois plus tard, ils l'ont retrouvée dans la baignoire, rouge. Elle s'était enfilé les antidépresseurs de sa mère, ceux qu'elle critiquait tout le temps parce qu'ils te foutent le cerveau en l'air, avant de se taillader les bras. Après ça, le commissaire a tourné en rond chez lui à chercher un coupable, et huit mois plus tard, je me retrouve collé avec lui sur une affaire qu'ils auraient jamais dû lui refiler.

Alors oui, j'avais les jetons. Du bonhomme un peu, et pour ma carrière aussi. Ça se sentait bien qui fallait pas le pousser bien loin pour qu'il pète un câble, et quand votre coéquipier se met à faire des conneries, soit vous l'aidez et vous êtes dans la merde, soit vous l'aidez pas et vous êtes quand même dans la merde. Ce qui restait, c'était de faire en sorte qu'il fasse pas trop de vagues, mais sincèrement, je savais pas trop comment m'y prendre.

Quand on est arrivés au poste, tout le monde essayait de faire comme si de rien n'était. Tout le monde sauf le commissaire qui y arrivait très bien. Il a commencé à balancer des ordres à tout va. Bientôt, la moindre particule de vie du commissariat avait un truc à faire. Recherche sur les sectes, les personnes disparues, accélérer le pas des scientifiques, fouiller partout, même là où ça n'avait pas de sens, interroger tout ce qui bougeait. Les premiers résultats sont arrivés le lendemain. Douze femmes. Avec la date, ça a été la première étincelle qui a alimenté la trainée du chef. 13 mai 2013. Pour lui, ça avait un sens. Un délire avec les nombres premiers. J'ai jamais compris. Elles pouvaient pas être douze, y'en avait forcément une qui s'était fait la malle. Personne n'a vraiment été convaincu, pas un pour ouvrir sa gueule cela dit. On a trainé nos semelles dans le voisinage, et même au-delà, pendant plus d'une semaine. Partout, rien. Toutes les autres affaires, en suspens, et encore rien. On a tourné en rond, en carré et à reculons, et jusqu'au fin fond du trou béant qui se formait sous mes yeux et dans la tête du chef, toujours rien.

La vie de la brigade a continué comme ça, tendue, dans le vide, jusqu'à ce qu'arrivent les résultats de l'identification. Huit femmes disparues, quatre points d'interrogation. Les deux tiers qu'on connaissait s'étaient toutes évaporées à la même époque, plusieurs le même jour, à quelques semaines d'intervalle tout au plus. Un an et quelque. C'est là que ça a commencé à faire tilt pour plusieurs d'entre nous. On en parlait à voix basse, un bruit de couloir qui n'est jamais arrivé au destinataire. La peur d'être grillés, ou de faire mal, ou de se tromper. Je ne sais pas trop. On n'avait pas de preuve, alors on l'a fermée.

On a fouillé partout chez les victimes connues. Y'en avait une qu'était rentrée chez elle un moment. Elle disait rien, mais elle avait laissé des bouts de papier froissés, et elle était repartie. J'ai vu ses parents s'effriter et s'anéantir au sol comme du papier brûlé. Toutes mes condoléances. Le père nous a tendu une boite, peut-être que ça avait un sens. Il avait gardé les gribouillis de sa fille. Et puis plus rien, le vide. Elle avait laissé beaucoup de dessins, des mots par-ci par-là, des noms, quinze. Y'avait les sept qu'on avait retrouvées, six autres dont un homme, et Isabelle. Tout le monde a compris à la seconde, pas besoin de bruit ou de couloir, des regards tout au plus, une évidence, un instinct qui s'est propagé parmi nous en un craquement d'allumette. Tous sauf un. Quelqu'un aurait dû dire quelque chose, n'importe quoi, n'importe qui. Ça devenait dingue cette chasse au fantôme. Un film de série B avec de mauvais acteurs et une fin que tout le monde devine. Triste. On s'est défilés, tous. J'ai bien essayé d'en parler au chef de la brigade, pur lui retirer l'affaire, mais il m'a traité comme un illuminé, comme si j'étais le seul. Acteur merdique lui aussi. J'aurais dû les envoyer balader, bande de cons. Ils devaient être conscients qu'ils s'étaient plantés en beauté en acceptant de lui refiler l'affaire et ils devaient pas savoir comment faire marche arrière sans perdre la face et leur ami. Des bœufs avec des œillères dans un magasin de porcelaine. Tous participé, tous coupables, ça aurait jamais dû arriver. J'ai fermé ma gueule aussi, parce que, merde ! C'était pas ma guerre après tout, j'avais rien demandé et j'avais même pas arrêté d'essayer de leur mettre le nez dans leur merde depuis le début. Ils avaient qu'à aller se faire foutre et se planter dedans la tête la première Pas mon problème.

L'ADN c'était long, mais grâce aux prénoms retrouvés dans les papiers de la petite, on a pu accélérer un peu. Pas que j'en avais particulièrement envie. Je traînais la patte, je faisais la gueule, je sabotais ce que je pouvais. J'attendais un miracle. On a déniché des pistes pour les quatre dernières victimes dans le fichier des personnes disparues. On a aussi finalement décroché une piste sérieuse pour les deux présumés coupables. Suspectés depuis un bail de retourner le cerveau de jeunes filles trop fragiles, mais c'était la première fois que ça tournait au drame. Pas de preuve non plus. Ils leur demandaient pas d'argent, les empêchaient pas de partir ou de contacter leur famille. On a suivi leur trace, ça a un peu animé la brigade, la chasse, ça met tout le monde d'accord et ça nous détournait des victimes. Mais ça n'a pas duré longtemps. Comme la traînée, ils s'étaient échappés depuis un moment. Même le commissaire a bien dû se résigner à refiler l'affaire, on n'avait pas les ressources, même pas avec toute sa rage.

Quelques années plus tard, on les a arrêtés. Ça a fait une colonne dans les journaux. Ils ont juré qu'ils avaient rien à voir avec le suicide des douze jeunes filles. L'une d'entre elles aurait convaincu les autres et ils auraient préféré se faire la malle. Non-assistance à personnes en danger, pas de preuve, pas de prison. Ça non plus, ils y ont pas cru, mais y'avait plus personne pour se battre, alors ils ont laissé filé. Trop de fantômes, c'est pas bon pour ceux qui restent, vidés eux aussi, comme le chef à l'époque.

Une des victimes qu'on avait réussi à identifier avec son ADN était rentrée chez elle aussi, juste une nuit. Elle avait dormi dans son lit et laissé une note. Enfin, on suppose que c'était elle. Qui d'autre ? Ses parents ne s'en étaient même pas aperçus, grande maison. Elle parlait un peu de sa vie, de ses nouvelles camarades : « Je ne vais pas vous expliquer pourquoi, ça ne servirait à rien, vous ne pourriez pas comprendre. Je suis mieux maintenant. Ce n'est la faute de personne, encore moins la vôtre » et terminait en plaignant une échappée qui s'était perdue entre deux mondes. Une ombre qui a traîné un temps dans un, indéfiniment dans l'autre, au milieu des vapeurs et du sang, tourmentant les vivants à jamais.

Comme elle l'avait prédit, ses parents ne comprenaient pas. Ni ses gestes, ni ses mots, mais leur sens ne faisait plus de doute, même pour le commissaire. Il a jeté ses yeux dessus, s'est jeté dans la voiture de fonction et ça a été tout. Il a tout mélangé. Les mots, les gens, les dates, les médocs, le feu, le sang. On n'a rien retrouvé. On n'a pas cherché.

Personne ne devrait s'intéresser aux fantômes, c'est le seul truc utile que j'ai appris à l'époque.

Ça a été ma seule véritable affaire. Ce jour-là, j'ai passé la porte et je me suis jamais retourné, sur rien, encore moins sur moi.

E.

Cette nouvelle a été écrite dans le cadre du premier appel à contribution de la revue Pourtant. Elle s'inspire d'un texte d'Agnès de Lestrade, La grande fabrique de mots, présenté par ces lignes :
C'est l'histoire d'un pays où il faut acheter les mots pour pouvoir les prononcer. Le petit héros de l'histoire, peu fortuné, ne dispose que de très peu de mots. Il aimerait pourtant déclarer son amour à la jolie Cybelle.

E. avait des gargouillis plein le ventre et de la poussière au coin des yeux en regardant les lettres et les mots joliment agencés dans la vitrine de M. Zérauwitsch. Les flamboyantes voyelles et les mystérieuses consonnes l'avaient toujours intrigué, mais depuis qu'il avait vu Haryette, c'était devenu une véritable obsession.

Comme son nom l'indique, E. était très pauvre. À sa naissance, ses parents avaient tout de même pu économiser suffisamment pour lui acheter une lettre, une lettre utile, E, et quelques années plus tard, ils avaient même pu y ajouter un accent. Un E avec un accent, ce n'était pas grand-chose, mais ça permettait d'en dire beaucoup de nos jours. Il était très loin d'avoir assez de lettres et de mots pour aller à l'école, mais son E le laissait exprimer bien plus de choses que le Z de son collègue du même nom. Ses parents avaient dépensé toutes leurs économies dans cette lettre coûteuse et prétentieuse en espérant que cela ouvrirait des portes à leur fils, mais son Z ne lui avait valu que des quolibets. Qu'est-ce que vous pouvez faire avec un Z qui se bat en duel ? Et le pauvre '., qui n'avait pas pu hériter de mieux au Centre de dons le jour de sa naissance, il ne savait même pas comment s'y prendre pour prononcer son propre nom. Alors que E., avec son accent, il pouvait se défendre avec des É quand on l'embêtait, interpeller ses amis en lançant un È et prolonger ses EEE quand il ne connaissait pas une réponse. Il avait aussi pu commencer à apprendre à utiliser le Ę pour poser une question ou le Ē pour la négation. Une véritable révolution !

Comme beaucoup d'enfants de son quartier, E. se rendait chaque nuit à l'usine à rêves pour faire fonctionner les machines qui créaient les songes de tous les petits dormeurs, ceux qui avaient plein de lettres et plein de mots, ceux qui iraient à l'école demain matin. C'était un travail difficile, mais il y avait pire, et cela lui permettait d'aider ses parents à mettre de la nourriture sur la table et d'économiser lentement pour s'acheter des lettres ou des jeux.

Mais depuis que Haryette avait croisé sa route, il économisait beaucoup plus vite. Il s'affamait littéralement en espérant pouvoir s'offrir assez de lettres pour lui déclarer sa flamme. Pour apprendre à faire des mots, de vrais mots bien orthographiés, il lui faudrait attendre que son passeport de niveau 1, celui qui contenait toutes les lettres, soit complet. Cela prendrait des années, cela n'arriverait peut-être jamais, il ne pouvait pas attendre tout ce temps. Jamais, c'est très long pour un enfant de dix ans.

Il l'avait vue un matin alors qu'il était sorti tard de l'usine à rêves à cause d'un problème technique qui avait créé des cauchemars en série. Il avait rassuré le petit Nathan, cinq ans, tétanisé sous son lit, jusqu'à ce qu'il soit convaincu que les monstres du plafond étaient bien partis prendre leur petit déjeuner et qu'ils ne reviendraient pas de sitôt. « Ce genre de monstres mangent parfois pendant des années entières », lui avait transmis E. en pensées, car s'ils ne pouvaient ni parler ni écrire correctement, les ouvriers avaient tout loisir d'utiliser les machines de l'usine à rêves pour traduire leurs pensées en images, en mots, en histoires. Et des pensées, E. n'en manquait pas. « Quel dommage que son imagination ne puisse pas passer la barrière de ses lèvres ! », se lamentait-il parfois, à sa manière, pleine d'images et de couleurs.

Lorsqu'il était sorti, tous ses amis et collègues avaient déjà quitté l'usine, et il avait trainé seul dans le quartier chic du port. En groupe, on les repérait vite et on les chassait avant même qu'ils n'aient eu le temps d'apercevoir les bateaux, mais tout seul, il était bien plus facile d'éviter les gardes.

Et elle était apparue. De dos d'abord, avec ses cheveux couleur d'automne, son beau manteau vert et son cartable d'écolière. « Haryette », l'avait appelée sa nourrice, avec un beau H aspiré, un Y et un double T bien distincts. Avec ses cheveux longs, son visage tout propre et son nom compliqué, sa famille devait être très riche, d'autant plus que ses parents avaient visiblement aussi acheté toutes les lettres pour sa nourrice, au moins celles du prénom de leur fille. Un Y, ce n'est pas donné ! Et les doubles consonnes se faisaient très rares de nos jours. C'est tellement inutile ! Surtout dans les prénoms, parce qu'on doit en payer toutes les lettres, même celles en double.

Haryette avait passé son chemin sans le voir et E. était resté au milieu de la route, bouche bée, paralysé comme un idiot. Puis un garde l'avait attrapé par le bras, secoué comme un châtaignier et expulsé du quartier du port. C'était décidé, E. s'achèterait des lettres et il conquerrait le cœur de la merveilleuse Haryette.

Il n'avait pas mangé à sa faim depuis des semaines. Sa mine grise et amaigrie se reflétait dans la vitrine de M. Zérauwitsch. « Ne reste pas là mon garçon, tu fais fuir les clients. » M. Zérauwitsch n'était pas méchant. Contrairement à tant d'autres, il ne criait pas sur les enfants qui n'avaient hérité que de pauvres lettres, il ne les méprisait pas, mais c'était un amoureux des mots, et il avait une boutique à faire tourner. Le ventre hurlant et la bouche silencieuse, E. jeta un regard fier et plein d'espoir à M. Zérauwitsch, lui lança un ÈĘĘ difficile à décoder pour un homme de lettres, puis tourna les talons le sourire aux lèvres.

Quelques jours plus tard, les entrailles toujours hurlantes et la tête haute pour parvenir à hisser son nez au-dessus du comptoir de M. Zérauwitsch, E. déposa fièrement son passeport et un tas de petites pièces sous les yeux illuminés du vieil homme. Il lui demanda quelle lettre il souhaitait acheter, et E. pointa sans hésiter ses phalanges osseuses vers un M flamboyant brodé d'or. « Très bon choix, mon petit. » E. sourit si fort qu'il en eut presque des crampes et des larmes de joie lorsque M. Zérauwitsch colla sa nouvelle lettre sur son passeport. « MÈ », lança-t-il au vieillard qui le regardait sortir de sa boutique avec un regard humide empli de fierté qui aurait pu faire croire à tous les clients absents qu'il s'agissait de son propre fils.

De retour chez lui, il prit un déjeuner frugal, une douche froide, revêtit ses plus beaux habits, ou plutôt des propres, et ressortit avant même que son père soit sorti du sommeil dans lequel sa longue nuit de travail l'avait plongé. Nul doute qu'il aurait barré le chemin de son fils et ruiné tous ses plans s'il s'était réveillé, mais il avait un sommeil de plomb et des nuits sans doute faites du même métal si l'on en croyait les cernes vissés sous ses yeux et les plis cousus sur sa peau qui aurait pourtant encore dû être jeune. Si ses parents s'apercevaient de son absence, il serait certainement puni pendant des semaines. Tant pis, Haryette en valait mille fois la peine.

Il se faufila hors du salon et jusque dans les rues du quartier du port, le sourire aux lèvres et les mains moites, serrant son petit passeport dans le fond de sa poche. En observant au loin les abords désertés de l'école, E. se mit tout à coup à douter de son plan qu'il pensait infaillible. Peut-être aurait-il dû se reposer un peu, répéter devant le miroir ? Non ! Et s'il ne s'était pas réveillé à temps ? Et si son père avait ouvert les yeux ? Il était hors de question qu'il patiente encore un jour de plus ! Il rêvait de ce moment depuis bien trop longtemps déjà.

Après une attente interminable qui dut bien durer au moins une quarantaine de minutes, E. aperçut la nourrice de Haryette qui se tenait droite comme un i à une distance raisonnable du portail. L'heure allait arriver, la sonnerie allait bientôt retentir. Tel un chaton maladroit aux aguets, E. bondit sur ses jambes, tendit son cou et pointa nerveusement ses pupilles dilatées et ses oreilles vers le portail, toujours à l'abri de la poubelle derrière laquelle il s'était caché. Il vit sortir un premier enfant, un autre, des attroupements de plus en plus nombreux. Tout à coup, derrière une assemblée joyeuse, il aperçut la chevelure flamboyante de l'élue de son cœur. Il s'élança dans la rue pour l'intercepter avant qu'elle n'ait eu le temps de rejoindre sa morne nourrice et que les gardes n'aient pu réagir. Alors qu'elle était déjà à bonne distance de ses camarades, E. se planta devant elle. Surprise, elle s'arrêta, et le fixa de ses deux yeux ronds et brillants comme des billes d'une autre couleur d'automne. Alors qu'elle reprenait ses esprits et s'apprêtait à faire un pas de côté pour esquiver ce curieux obstacle qui avait soudainement surgi sur son chemin, E. réussi à articuler « ÈM » d'une voix peu assurée, comme encombrée d'une grosse boule de poils. Haryette remit ses billes dans ses yeux et s'enfuit en appelant sa nourrice d'un cri aigu fort désagréable. Alertés, les gardes rebondirent, et E. eut tout juste le temps de prendre ses jambes à son cou. Les choses n'avaient pas forcément pris le tour qu'il avait imaginé. Peut-être sentait-il les ordures ?

Un peu déçu, E. ne se laissa pas pour autant décourager par la tristesse et entreprit un nouveau régime ; il avait juste besoin de plus de lettres pour améliorer son plan. Forcément, « ÈM », ce n'était pas suffisant pour une fillette qui allait à l'école. Ces gens-là, ils avaient l'habitude qu'on leur mâche le travail avec des mots bien formés, ça devait leur déformer un peu l'imagination. Avec un peu de rigueur, il en était certain, il arriverait à faire comprendre ses intentions.

E. reprit donc sa routine, resserra encore sa ceinture de quelques crans et, malgré la fatigue qui ne le quittait plus, parvint en un temps record à amasser l'argent nécessaire pour profiter de la promotion de saison de M. Zérauwitsch. La fierté du vieil homme s'était d'abord mue en inquiétude face à la maigreur de son jeune client, mais il fut vite conquis par son enthousiasme. Il avait réussi à ajouter deux nouvelles lettres à son passeport avant que ne débutent les vacances et le désespoir qui l'auraient obligé à patienter de longues semaines avant d'espérer revoir Haryette. M. Zérauwitsch ne pouvait pas le savoir, mais à cet instant, E. n'aurait pu être plus heureux.

Fort de son demi-succès précédent, il avait après tout réussi à approcher un court instant sa belle feuille d'automne, il marcha sur ses propres traces, toujours vêtu, par superstition, de ses plus beaux vêtements d'hiver malgré la chaleur qui le faisait suinter comme au sauna. Il patienta à l'abri de la même poubelle, qui commençait sérieusement à sentir sous ce soleil de fin d'après-midi, et se mit aux aguets lorsqu'il entendit l'alarme stridente sonner l'heure de sa délivrance. Haryette ne fut pas moins surprise que la première fois de voir cet énergumène tout transpirant bondir devant elle, ou alors, elle était sacrément bonne comédienne. L'avait-elle reconnu ? Si c'était le cas, elle n'en laissait vraiment rien paraître.

Plantant son regard au milieu de ses deux yeux tout ronds, E. prit une profonde respiration et lâcha avec calme : « JE TÈM ». La petite fille le dévisagea de haut en bas, puis de bas en haut avec un sourire pincé et en haussant les épaules avant de le contourner pour reprendre son chemin, ce qui dans le langage des écoliers, du moins le pensait E., pouvait aussi bien être un signe de mépris qu'une invitation à poursuivre ses efforts. D'un naturel optimiste et peu enclin à choisir la voix du désespoir, il pencha pour la deuxième solution et ravala sa blessure au fond de ses talons., où son estomac pourrait la digérer à son aise.

Cela étant dit, il n'était pas plus avancé. Les vacances allaient bientôt commencer, il n'avait presque plus d'économies et, même s'il parvenait à s'acheter de nouvelles lettres, il ne voyait pas bien ce que cela pourrait changer. Il lui faudrait surement un vrai mot bien orthographié pour la surprendre. Autant dire un miracle ! il était dos au mur, mais il avait de longues semaines devant lui pour fomenter un nouveau plan. Pour le moment, il était temps de prendre congé de son régime draconien et de sa solitude. Il s'acheta un bretzel bien doré avant de rejoindre ses camarades qui trainaient sur l'autre rive. Comme pour bien d'autres enfants, il était temps de se divertir. La ville allait se vider de tous les petits écoliers et l'usine tournerait au ralenti. E. et ses amis n'iraient nulle part, mais une ville désertée, c'était déjà un peu des vacances.

L'estomac et le regard un peu plus gais, E. se rendit sur le port le weekend suivant pour voir les bateaux partir vers leurs destinations ensoleillées. Des serviteurs impatients portaient de lourdes malles tandis que les enfants faisaient leurs adieux à leurs camarades. Lorsqu'ils reviendraient, ils seraient déjà un peu quelqu'un d'autre.

Haryette était là, près de sa famille, à attendre que tout soit prêt pour le grand départ. Comme les autres enfants, elle était déchirée entre l'excitation de la nouveauté et la nostalgie du quotidien qui commençait déjà à poindre à l'horizon. Le port n'était jamais aussi effervescent et joyeux que lors des grands départs d'été, et même les gardes laissaient volontiers les gamins du quartier ouvrier jeter un œil discret sur les festivités.

Il était déjà près de dix heures quand Haryette monta sur le pont de son immense bateau. Les amis de E. partaient déjà vers le terrain de jeu alors qu'il restait là à faire des signes de la main aux sillons qui se reflétaient à l'infini à la surface de l'eau. Il aurait tant voulu les attraper pour être emporté loin d'ici lui aussi, mais l'eau était trop froide pour s'y jeter et les sillons s'étaient déjà noyés dans les profondeurs. Il devrait attendre sur le port que l'ailleurs revienne.

En dehors d'une légère mélancolie de fond, E. se sentait léger et joyeux. Il avait le temps de s'amuser, d'apprendre à utiliser ses nouvelles lettres et d'échafauder des plans pour le retour de

Haryette. À cette époque de l'année, il n'allait à l'usine qu'une fois par semaine pour faire de la maintenance et s'occuper des rêves des retardataires, des enfants qui ne cessaient de partir et revenir avec différents accompagnateurs occupés, de ceux qui seraient en avance pour la rentrée, dont le bateau était tombé en panne ou qui n'en avait pas encore un. Ces nuits-là, il tournait des boutons, vérifiait les panneaux de contrôle, nettoyait les rouages, lançait des tests et insufflait de l'imaginaire aux quelques âmes endormies. La vigilance des quelques superviseurs, dont les vacances seraient elles aussi écourtées, n'était pas des plus aiguisée, ce qui laissait tout loisir à E. et à ses quelques camarades d'inventer des rêves parfois abracadabrantesques, dont les dormeurs se réveillaient totalement désorientés. Cette liberté emplissait la ville de rires et d'une légèreté qui contrastaient avec la grisaille de l'hiver.

Un jour, alors qu'il était sorti seul de l'usine à rêves, il profita du calme matinal pour se promener près du port. Son bretzel à la main, il voguait au hasard des rues, sans autre but que de rallonger le chemin qui le ramènerait vers l'autre rive. Sans même le vouloir, il se retrouva sur la grande rue qui longe le port, à quelques mètres seulement de l'endroit où il avait vu Haryette pour la première fois.

Elle était là, seule, à pleurer sur un banc. Il sentit son cœur se briser à la voir si triste et, prenant son courage à deux mains, alla s'asseoir en silence à côté d'elle. Pendant un long moment, il ne dit rien et lutta de tout son corps pour garder ses yeux fixés sur les rares bateaux encore amarrés. Comme à l'usine, il tentait de toutes ses forces de traduire ses pensées en images, en sensation, mais cette fois, il n'avait aucune machine pour l'aider à les transmettre. Elle finit par s'apaiser un peu. Ses soubresauts s'étaient transformés en une respiration bruyante mais régulière. Profitant de cette accalmie, E. lui tendit d'une main tremblante une moitié de sa pâtisserie. Sans le regarder, la fillette s'empara du pain doré et commença à en détacher de minuscules miettes qu'elle posait délicatement sur ses lèvres avant de les avaler. E. devinait tous ses gestes d'oisillon du coin de l'œil, le regard toujours rivé vers le large de peur que son rêve ne prenne fin. Il en connaissait un rayon en rêves et il savait que lorsqu'on essayait de les mettre au défi de la réalité, ils s'évaporaient à jamais.

Soudain, il sentit une main se poser sur la sienne. Il était pétrifié. C'est sûr, son cœur allait exploser, sortir de sa poitrine ou quelque chose du genre. Il le sentait dans sa gorge, dans ses oreilles, dans son crâne. Tous les autres bruits du monde semblaient s'être éteints.

Puis la main n'était plus là. Il sortit de sa torpeur et entendit la nourrice appeler Haryette quelques maisons plus loin. Il tourna enfin la tête et vit ses beaux cheveux couleur d'automne s'éloigner. Elle était partie sans un mot, mais elle avait pris le temps d'écrire « A 2M1 » à la craie sur le banc. Les yeux déjà emplis de toute la lumière magique de l'automne, E. se leva le sourire aux lèvres et prit le chemin le plus court qui le ramènerait de l'autre côté du port.